松本清張「隠蔽と暴露」の作家

高橋敏夫
Takahashi Toshio

a pilot of wisdom

目次

はじめに　松本清張がよみがえる――――12
1　人と社会と国家の秘密がはてしなく連鎖する／2　「隠蔽と暴露」の実践／3　今もすすむ「密室」化／4　三・一一原発震災後、情報は再隠蔽された／5　フェイク・イメージの乱舞と、マスコミの自主規制／6　松本清張を呼びもどす／7　改憲勢力への深い憂慮／8　「かんぐり」と「邪推」の政治学／9　「何故だろう、何故だろう」／10　一つの秘密が終われば、もう一つの秘密が始まる／11　主体的な読者の誕生、次つぎに、続ぞくと

第Ⅰ部　松本清張、人と方法

第一章　松本清張とは誰か ―― 34

1　「定住、定職という常識」の外からやってきた／2　前途に望みをみいだせぬ鬱屈とともに／3　超人的作家「松本清張」の誕生／4　濁った暗い半生が、堅固な「負の砦」となった／5　生活史に根ざす五つの特色／6　二つの「未来」が奪われた／7　埋もれた「過去」を発掘する／8　「隠蔽と暴露」の誕生／9　皇軍兵士として一切の思考は死んでいた／10　ネガティブな体験をこそ、次のステップにする

第二章　「隠蔽と暴露」という方法 ―― 54

1　わたしたち誰もが関係する／2　少しずつ、少しずつ知ってゆく／

3　社会派ミステリーの試み／4　プロレタリア文学とのかかわり／
5　日々の疑いからはじめる／
6　「孤独と諦観」ゆえの「連繋と執着」へ／
7　「仕組み」と「仕組み」との喧嘩へ／8　隠蔽する力の現代史／
9　原子力研究所をめぐる幻の作品へ

第Ⅱ部　隠蔽する力に抗う試み

第一章　戦争――71

『球形の荒野』、『半生の記』、『黒地の絵』

1　戦争は「隠蔽の総力戦」となる／
2　燃やせ、燃やせ、全部燃やせ／3　死んだ男が帰ってきた／
4　戦前の軍国主義国家と戦後の民主主義国家との連続性／
5　「何も知らなかった」出来事を掘りおこす／
6　「戦後の戦争」小説／7　人びとに戦争はつづいていた／

8　北九州要塞地帯のアマチュア・カメラマンの名残り

第二章　明るい戦後――90
『ゼロの焦点』、『砂の器』、『顔』
1　暗さと明るさとが交叉する／2　二つの夢の写真／3　犯人はわたしだったかもしれない／4　「砂の器」のごとき脆弱な最先端文化／5　いったい、どの道を歩いていったのだろうか／6　変わらない横顔／7　時代そのものの巨大犯罪

第三章　政界、官界、経済界――108
『点と線』、『けものみち』、『黒革の手帖』
1　汚職は利益者のみで成立する／2　「小から大への法則」にしたがう／3　ノンフィクションとフィクションとの境界で／

4　引かれた線を引きなおす／
5　日常の隣の不思議な「みち」／6　秘密のかたまりを武器にして／
7　個の破滅のうしろに巨悪がせりあがる／
8　「密室」からの解放のために

第四章　普通の日常、勝者の歴史――『或る「小倉日記」伝』、『父系の指』、『無宿人別帳』　128

1　いったい、何になるのか／2　隠れた鷗外に自分をかさねる／
3　「普通の日常」を突き崩す／4　戦時社会が隠しつづける／
5　「兵士の身体」の近代史／
6　モデルからの変更が意味するもの／
7　そして、気のいい父があらわれる／
8　三重に除外された人びと／
9　裏切られてもなお、「なかま」を求め彷徨う

第五章　暗い恋愛――『天城越え』、『波の塔』、『強き蟻』 149
1　名作とは逆のコースをたどって／2　瞬時の至福こそ惨劇への道行／3　薄暗い山道で、過去の記憶がよみがえる／4　どこへも行けない道／5　犯罪とは人間業苦の凝固である／6　「婚活殺人事件」にも松本清張的既視感が／7　「強き蟻」たちの暗い饗宴

第六章　オキュパイドジャパン――『小説帝銀事件』、『日本の黒い霧』、『深層海流』 168
1　占領下日本の巨大な密室へ／2　帝銀事件に見え隠れする旧七三一部隊とＧＨＱ／3　「白い霧」から「黒い霧」へ／4　「新聞記者」による事件の社会化／

5　ノンフィクションの限界と意義／
6　下山事件の真相究明は可能か不可能か／
7　対米関係が変わらねば究明はない／
8　「別のかたち」で継続された占領政策／
9　オキュパイドジャパンは今もつづく

第七章　神々

『黒い福音』、『昭和史発掘』、『神々の乱心』

1　至福と暗黒／2　ここでもまた「壁」が立ちはだかった／
3　読者を覚醒させる「既視感」へ／
4　なぜ、生きてきた歴史の「発掘」なのか／
5　戦前の超巨大な「密室」がうかびあがる／
6　戦争へ雪崩うつ時代の諸相／7　小さな教団の「非転向」／
8　秩序内部への危機意識／9　とある教祖の破天荒の野望／
10　無力な神、ツクヨミとは誰か／

11 「天皇制」の古代神権的な巨人がうごきだす

第八章 原水爆、原子力発電所——『神と野獣の日』、『松本清張カメラ紀行』、「幻の作品」 217

1 松本清張への何故／
2 核の軍事利用と平和利用／
3 「秘密」と管理の新時代／
4 「夢の原子力」に文学的想像力がさしこまれた／
5 「知らない、知らされない」の常態化に挑む／
6 東京を襲う水爆、死の灰の行方／
7 「監視」する原子力開発研究所／
8 アルメロの記憶が反復する／
9 官憲の眼をのがれシャッターを切る／
10 幻の試みへ、幻の作品へ、そして、わたしたちの今へ——

おわりに　松本清張とともに —— 244
1　今、よみがえる松本清張／
2　逃れられぬ「社会」と「歴史」／
3　死後にこそ始まった「松本清張の時代」／
4　さらに、松本清張とともに

主要参考文献 —— 250

・松本清張の作品の引用については『松本清張全集』（文藝春秋）をベースに、必要に応じ発表（初出）版、各社単行本版、文庫版によった。今日の人権意識に照らして不適切な表現があるが、原典の時代性を鑑み、原文のままとした。
・個々の作品については初刊本の刊行年を基本とし、必要に応じて発表時、連載時の年をしめした。

はじめに　松本清張がよみがえる

松本清張がかえってきた。

秘密と戦争の時代に、「黒の作家」松本清張がよみがえる。

人と社会と国家の秘密にとどくさまざまな試みを果敢に実現させた松本清張が、長い「戦後」から「新たな戦前」へと変わる今――ふたたび姿をあらわしはじめた秘密と戦争の薄暗い時代に、呼びもどされる。

1　人と社会と国家の秘密がはてしなく連鎖する

松本清張（一九〇九年～一九九二年）が、復活している。

生誕一〇〇周年の二〇〇九年、没後二〇年の二〇一二年は興味深いさまざまなイベントでにぎわったが、その後も松本清張復活のいきおいはとまらない。没後二五年である二〇一七年はとくにそれがめだったし、これからはさらにそうだろう。

作品の再文庫化および新装版化があいつぐ。新たに多くのテレビドラマが作られ、そのつど、話題をあつめる。再放送やシリーズのリメイクが次つぎに実現し、雑誌で新たな視点から特集が組まれる。ここ数年、松本清張をめぐっては、まるで全盛期を思わせるようなにぎやかさである。戦後七〇年に区切りをつけたかのように、長い「戦後」から「新たな戦前」へと急転回し、社会のそこここに危うく不可解な薄暗がりがひろがりつつあるこの時代、そして政治、社会、国家のそこここに情報隠蔽《いんぺい》と実態隠蔽が暗く大きな穴をうがつ陰鬱《いんうつ》なこの時代は、今、松本清張の試みと方法とを切実に求めている——。

わたしは、そう思わないわけにはいかない。

黒のイメージを好み、黒のはいったタイトルの作品、シリーズものを多く書き、不吉な「黒」に魅入られたがごとき作家松本清張は、一見穏やかでなにごともないような日常からときおり立ちあがる「何故《なぜ》だろう、何故だろう」という疑問を入り口に、人と社会と国家の秘密、すなわち個人の暗い欲望の発露から、政財官界の汚職、疑獄、国家規模のたくらみ、重大機密、戦争に関係する過度の機密保護まで、さらには国家間の密約やグローバル化する世界での経済的不正、政治的謀略までをも、その幾重もの隠蔽の黒い企てもろともにさぐりあて、それを暴露し、しずかに告発しつづけた。

松本清張は、暗い情感を豊かにたたえる独特な文体から出発した芥川賞受賞作家であり、一躍ブームをまきおこした社会派推理小説の先導者であった。

史実すなわち「勝者の歴史」の下層に埋没している人間を発掘しようと、短篇《たんぺん》から長篇まで、従来の常識をくつがえす数多くの歴史時代小説の旺盛な書き手でもあった。

また、オキュパイドジャパン（占領下の日本）時代の未解決大事件に独自の視点から迫ったノンフィクション作家であり、近代史とりわけ昭和前期の天皇制国家の暗黒暴露に果敢に挑んだ史家であり、青年時代から、国家成立の謎ひいては「現在」成立の謎の解明を求める考古学、古代史の熱心な探求者であった。

多彩な表現ジャンルでの、旺盛な活動の核にあったのが「隠蔽と暴露」の方法である。

2 「隠蔽と暴露」の実践

秘密すなわち隠されたもの、不可視化されたものは、ただたんに見えなくなったものではない。そこには隠そうとする力、隠蔽の力が幾重にもおりかさなる。秘密があり次に隠蔽がくるのではなく、隠蔽こそが秘密をうみだす、といってもよい。こうしてうみだされた秘密には、わたしたちが真相にはとどかぬまでもなんとなく知っていて、しかもとりたてて追究せずとおりすぎてしまう、見えていて見えない「公然の秘密」も数多い。

さまざまな形であらわれる隠蔽の力に抗しつつ、見えなくされた出来事へ、謎の真相へと少しずつ、少しずつ接近する松本清張の暴露の実践は、じつに執拗《しつよう》をきわめた。

巨大な組織によって隠蔽された、告発し否定すべき実態を暴露し、露顕させて批判する。それだけではない。さまざまな組織、社会システム、あるいは社会的な偏見、蔑視、差別によって隠されてしまった、見えなくされてしまった肯定すべき存在を明るみにだすのもまた、暴露すなわち顕在化の役目である。

ただし、ようやくなしえた暴露あるいは顕在化は、それで一件落着とはならなかった。ひとつの暴露の終わりは、しばしばより重大な暴露の試みの始まりとなった。隠蔽の大きな力を前に、ついに敗退を余儀なくされた暴露も少なくない。また、暴露する者が知らず知らずのうちに隠蔽する側に加担していることもあった。

従来の推理小説には不可欠の大団円いいかえれば真相暴露実現による達成感、解放感からはほど遠い、松本清張の「隠蔽と暴露」の方法実践の軌跡には、およそさまざまな人と社会と国家の秘密が連鎖する。

松本清張の怜悧《れいり》な眼《め》と豊かな想像力は、大日本帝国の秘密から、長くつづいた戦争の時代の秘密、オキュパイドジャパン時代の秘密はもちろん、戦後の明るい時代における秘密もみのがさなかった。ときには、江戸幕藩体制の奥深い秘密に迫り、ときには、勝者の史観と定説に牛耳られた古代史の秘密に挑み、またときには、日本をつつみこむグローバル社会における桁違いの秘密にするどくつきささった。

かくして、ジャンルの多彩さに加え、対象も時代も多岐にわたる松本清張の旺盛な活動の膨大な成果、明らかにされた一つひとつの黒い出来事、黒い事件がつみかさなり、読者の前にそびえたつことになった。

その一つひとつに直面した者が、別の生きかた、別の人間関係、別の社会への一歩をはじめないわけにはいかない、惨禍、凶事、災厄、業苦《ごうく》の黒々とした事件の山脈だ。

北九州市立松本清張記念館には七百冊を超える刊行本が展示され、見る者を圧倒する。文藝春秋から出ている全六十六巻の松本清張全集は、近現代文学の作家全集では最大規模のもののひとつである。刊行本、全集本に未収録の作品、エッセイ、対談、インタビューなども多い。全集刊行にかかわった編集者藤井康栄《やすえ》によれば、著書総数七百五十点余、作品約千点、推計原稿枚数は十二万枚、作家生活四十年として一日平均八・五枚――。

まことに驚嘆すべき創作活動といわねばならない。

これが松本清張の表現の総体であり、「隠蔽と暴露」の方法の実践の総体なのである。

3　今もすすむ「密室」化

一九九二年の松本清張の死からすでに四半世紀経《た》つ。

松本清張が格闘した人と社会と国家の暗い秘密は過去のものになったか。

否。断じて、否である。現在も、人と社会と国家の暗い秘密は依然なくならない。

時代が進むにしたがって秘密は消えてゆくという楽観的な考えを、松本清張はとらなかった。逆だ。たとえば、政治について松本清張はこう述べる。

「政治も近代化しつつあるというのは幻想ですよ。最近はマスコミや市民団体などの監視の目も厳しくなっているけれど、いや、なっているからこそ政治の〝密室化〟はいよいよ進むんだな。それに、国内のからくりだけでなくて、国際的からくりに連動しているから一層始末が悪い」(「座談会　疑獄の系譜――その構造と風土」、松本清張編『疑獄100年史』一九七七年)。

きびしくなる市民の監視と、政治の密室化のいっそうの進行という憂うべき事態は、もちろん、政治だけではない。

戦後の砂糖業界と政界の黒い関係に迫った長篇作品『溺れ谷』(一九六六年)では、経済畑の犯罪を手がける東京地検の矢口検事が、経済雑誌記者の大屋圭造に、手口のいっそうの複雑化と、ますます困難となる捜査について語る。

「経済事犯となると、いずれも名うての知能犯ですから、帳簿を三重にも四重にも作っている。つまり、敵としても十分な備えを固めているのだから、泥棒のように指紋があるとか、侵入口に足跡がついているということはないのです。さらに、汚職がバレるたびに捜査当局の手口がわかってくる。すると、向こうでは、そのうわ手を行って戦術を変える。あるいは複雑な操作をする」。

矢口検事はつづける。

「近ごろのように企業が複雑化され、膨脹してくると、系列会社も夥《おびただ》しい数にのぼる。この間にいわゆる政治献金なるものの操作が行なわれるのです。さらに各系列会社の下には、また大変な数の下請業者がある。そのまた下にも、それに倍するような下請があるというふうに構造が巨大化され、組織が複雑になってきているんです。したがって、一社だけの帳簿を押収したところでなかなかわからない」。

「溺れ谷」とは一般に、「陸上の谷が、海面の上昇や地盤の沈降で海面下に沈んでできた湾」(『広辞苑』第六版)である。見た目には穏やかな海面の下には、起伏のいちじるしく複雑で奇怪な地形が広がる。しかも、天然の「溺れ谷」とは比較にならぬ高速度で、社会のそこここにある「溺れ谷」はより複雑に形を変えつづけている、というのがこのタイトルにこめた松本清張の思いであろう。

これもまた昂進《こうしん》する「密室」化のあらわれである。

松本清張の発言からかなりの時間が経つ。

事態は指摘のとおり、政治、経済をはじめとする多くの領域で、幾重もの「密室」化あるいは奇怪な「溺れ谷」化がすすんだ。わたしたちはそれを、半ば見えざる暗黒、半ば見えすぎる「公然の秘密」として、知っている。

4 三・一一原発震災後、情報は再隠蔽された

しかも、たんに昂進しただけではない。

ここ数年、核をめぐる新たな隠蔽が、さらには「戦争をする国」へとひたはしる時代の新たな秘密が、特定秘密保護法(二〇一三年に成立、翌年施行)につつまれるなどして、こ

の「密室」化に加わりつつある。

福島第一原子力発電所の破局的事故は、あらためて「原子力ムラ」と揶揄《やゆ》される、産業界から、経済界、政界、官界、学会、マスコミ、法曹界までが緊密に連携した戦後最大級の秘密と隠蔽の巨大システムにして、「安全、安心」の一大ブラックボックスをうかびあがらせた。

ドイツ出身のジャーナリスト、ロベルト・ユンクが『原子力帝国』（一九七七年、山口祐《まさ》弘《ひろ》訳は一九七九年）で告発した、閉じた環境で秘密裡《ひみつり》にすすめられる原子力開発（施設は「現代の要塞《ようさい》」）が反民主主義的な管理統制社会をもたらすという事態は、徹底した情報管理、「安全、安心」イメージの組織的な散布、文化人の取り込みなどとともに、日本でも確実に進行していた。それが破局的事故によって誰の眼にもあきらかとなったのだ。

揶揄的かつ批判的に語られたとはいえ、わたしには「原子力ムラ」なる言葉じたい、外にたいし閉じた印象はつたわるものの、巨大な「原子力帝国」を隠すための小さく巧みなフェイク・イメージ、印象操作に思えてならない。

しかし、破局的事故によって秘密と隠蔽の巨大システムが露呈したのも束《つか》の間、原発再稼働に先だち、立て直された巨大システムの「再稼働」とともに、破局的事故の実態をめぐる情報はたちまち少なくなり、遅延がめだち、見えにくくなる。たとえば、広告代理店博報堂出身の本間龍『原発プロパガンダ』（二〇一六年）には、二〇一三年以降急速に「復活する原発プロパガンダ」の実態が詳細に記されている。現在のわたしたちの日常にとけこみ意識下へ作用する、広告というメディアへの告発でもある。

従来の秘密と隠蔽の巨大システムは暴露されるや、さらに巧妙な隠蔽工作システムとして再出発し、過半数の民意を無視して次つぎに強行される原発再稼働をささえる。安倍晋三首相の自信たっぷりの「アンダーコントロール」発言は、破局的事態の制御《コントロール》ではなく情報の管理《コントロール》への自信だったのか。反民主主義的な「原子力帝国」は、三・一一ショックを契機に、いっそう巨大化した、といってよい。

5　フェイク・イメージの乱舞と、マスコミの自主規制

それればかりではない。三・一一後にさらにすすんだ大規模な情報隠しの連鎖、系統的な情報隠蔽について、『日本病——長期衰退のダイナミクス』（二〇一六年）で、金子勝と児玉龍彦は、次のように指摘する。「NHKなどマスコミへの圧力や、『SPEEDI』（緊急時迅速放射能影響予測ネットワークシステム）をはじめとする原発関係の情報秘匿、

『特定秘密保護法』、実質答弁なしの『安全保障関連法』、秘密交渉で行われた『TPP大筋合意』、憲法五三条を無視した『臨時国会開催拒否』と、情報を隠蔽することが系統的に行われる。そして、『福島第一原発事故の処理状況はアンダーコントロールである』、『TPPは日本経済を活性化する』、など、情報がない中で、イメージ宣伝が大量に繰り返される」。

こうしたイメージ宣伝には当然、着地点が一向にみえず報告のつど達成時期が先送りされる「異次元」の金融緩和政策「アベノミクスの成功」や、集団的自衛権行使すなわち戦争の理由としてかかげられた「積極的平和主義」が加わり、さらには、ただ言葉だけが踊った「女性活躍推進」、ひろがる一方の社会的格差、労働格差によるさまざまな弊害を、戦中のスローガン「一億一心」に似た言葉で糊塗《こと》する「一億総活躍社会」、意味不明の「人づくり革命」などの実体なき空虚なイメージ（フェイク・イメージ）も加わる。

メディア・アクティビストの津田大介は、日比嘉高との共著『「ポスト真実」の時代――「信じたいウソ」が「事実」に勝る世界をどう生き抜くか』（二〇一七年）の中で、日本はポスト真実の先進国、と指摘している。フェイク・イメージは政治や経済において跋《ばっ》扈《こ》しているだけではない。ソーシャルメディアで空前のにぎわいをみせるネット空間も、かつての双方向メディアの夢の楽園から、誇張された表現によるフェイクのふりまき場へと変容しつつある。

三・一一後にすすんだ大規模な情報隠しと空虚なイメージの連鎖によって、国家、政治、経済、社会、そして人の実像はわたしたちからどんどん遠ざかり、不可視化している。

6　松本清張を呼びもどす

そんな不可視化に抗《あらが》い、事態を可視化するはずのマスメディアおよびジャーナリズムの劣化、体制内化もいちじるしい。三・一一後にネットでとりざたされた、原発をめぐるマスメディアの「大本営発表」化（虚偽、誇張、隠蔽などアジア・太平洋戦争中のそれについては保阪正康『大本営発表という権力』二〇〇八年が詳しい）は、またたくまに他の分野にひろがり、一部を除いてマスメディアの「政府広報」化がすすむ。

とりわけ、「何が秘密かも秘密です」といわれる特定秘密保護法は、取材対象と記者双方の萎縮をもたらし、マスコミの翼賛化に拍車をかけている。ジャーナリスト小笠原みどりの『スノーデン、監視社会の恐怖を語る――独占インタビュー全記録』（二〇一六年）に書かれているアメリカ国家安全保障局および中央情報局の局員だったエドワード・スノーデンの発言によれば、特定秘密保護法はアメリカがデザインしたという。両国ともに日米軍事同盟強化が狙いであるにちがいない。

かくして、「戦争は秘密から始まる」――二〇一五年に刊行された日本新聞労働組合連合編の秘密保護法批判のブックレットのタイトルだが、事態は今まさしくこのタイトルどおりにすすんでいる、じわじわと無気味に、そして確実に。

歯止めが効かなくなった一強政治の暴走に加え、過剰な自主規制からあからさまな無視、歪曲《わいきょく》まで、戦後において最悪ともいうべきマスメディア偏向時代の到来は、「何故だろう、何故だろう」という日々の疑問からはじめて、人と社会と国家の暗闇を独力かつ執拗に暴きつづけてきた松本清張を呼びもどさないわけにはいかない。

この時代を憂うる者の頼もしい「なかま」としての松本清張を。

われらが同時代人、松本清張を。

7　改憲勢力への深い憂慮

松本清張は言う。

《情勢はたえず転変しておりますから、現在の客観的な分析だけで将来を見通すことはできない。あらゆる将来の可能性を考えて、あらゆる「かんぐり」をし、「邪推」でもなんでもよろしい、そういうものをもって、日本の指導層の将来の計画を見なければならない。「邪推」はなにも恋人のうえだけではない。国家のうえでも大いにこれをやってもらいたい。そして、目には見えないけれども、現在の憲法改悪論者のうしろだてが、アジアの戦力の肩代わりを日本に押しつけようとするアメリカであることをはっきり指摘したい。》

一九七二年五月に、「生かそう憲法二十五周年のつどい」でおこなった講演「改悪の道は悲惨へ続く」（『松本清張社会評論集』一九七六年）の一節である。アメリカによる押しつけ憲法説と、第九条の戦争放棄は日本の現状にあわない説。今もくりかえされる改憲理由を批判したうえでの、「邪推」と「かんぐり」の勧めである。

《もし憲法改悪論者のいうがごとく、第九条を少しでも変えると、日本が軍国主義につっ走ることは目に見えている。かれらは決してそういうことはない、というでしょう。そして、その青写真をみせるでしょうし、いろいろな「改正」草案を見せるでしょう。しかし、現段階はそうかも知れないが、その段階の発展の先になる、つまりそれに含まれている計画的な可能性の発展、いいかえると、それには欺瞞《ぎまん》が十分にあると考えなければなりません。

そうなりますと、日本が再び超国家主義、軍国主義となり、国民生活は圧迫される。個人の自由や生活が侵害され、これが国家のため、という「大義名分」のもとで強行される。》

（「改悪の道は悲惨へ続く」）

四〇年以上も前の松本清張の深い憂慮が、今、現実のものになろうとしている。特定秘密保護法から、安保法制での憲法違反が明白な集団的自衛権容認の解釈改憲へ。そしてさらに、憲法第九条を狙い撃ちにする明文改憲へ。二〇一六年七月の参議院選挙および二〇一七年一〇月の衆議院選挙で自民党が議席の半数以上を占め、衆参両院で改憲勢力は三分の二を超えた。勢力の背後にある日本会議の動きもみのがせない。皇室の尊崇、憲法改正、国防の充実、愛国教育の推進、復古的な家族観の重視などをかかげる同会議については、二〇一六年、菅野完《すがのたもつ》『日本会議の研究』、青木理《おさむ》『日本会議の正体』、山崎雅弘『日本会議――戦前回帰への情念』など批判的な考察が次つぎに出版された。

少年時代および青年時代を天皇制軍国主義の暗い「密室」に閉じこめられた松本清張が、敵意をあらわにくりかえし批判した「軍国主義」や「超国家主義」。それらは二〇一七年一月のトランプ政権誕生後の、アメリカの排外的かつ強権的な世界戦略のもとで新たな意味を付与され、今、戦後七〇年余でわたしたちに最も接近している。

8 「かんぐり」と「邪推」の政治学

ただし、松本清張はこの発言を、特定の思想から、あるいは独自で過激な政治学的知見から発しているのではない。発言内容だけをとるなら、これは戦後のある時期までは——すなわち、体制と反体制の勢力が形のうえでは拮抗《きっこう》する「政治の時代」がつづいた一九七〇年代中頃までは、しごく穏当な正論だった。

わたしが注目したいのは、ここで松本清張が、あらゆる「かんぐり」、そして、あらゆる「邪推」からはじめ、容易に眼には見えないものへ、国家的な規模で隠された意図へとどけと述べていることだ。

そもそも、いったいなぜ、「かんぐり」と「邪推」なのか。「かんぐり」も「邪推」も、けっして肯定的な言葉ではない。むしろ否定的なニュアンスをおびている。

しかしそれゆえに、重要なのである。

ここには「かんぐり」と「邪推」をめぐって、向ける側と向けられる側という二つの立場がうかびあがる。二つの力が相争う、いわば、「かんぐり」と「邪推」をめぐる政治学がここには見え隠れする。「かんぐり」も「邪推」も疑いを向けられる側の言い分であり、疑いを向ける側からすれば、それは正当な「疑い」であり、「問いかけ」であり、さらには「推理」であり「推察」でもあろう。

にもかかわらず、松本清張が「かんぐり」でも「邪推」でもよいと述べるのは、この社会で「疑い／疑われる」の関係において、疑われる側が圧倒的な力をもつことを体験的に知っているからだ。圧倒的な力ゆえに、ありとあらゆる手段を動員しての隠蔽が可能なのであり、これを突き崩そうとする者の侵入を容易に許さない。ときに試みられる侵入はただちに「かんぐり」であり「邪推」であるとしてはねつけられてしまう。

最近も、内部告発は「怪文書」、「たしかめられない噂話《うわさばなし》」などと無視され、陰謀論とからかわれた。

しかしだからこそ、疑う者はこの言葉の否定的なニュアンスをおそれてはならないのだ。問いかけも疑いも、疑われる側からの嘲笑的リアクションはもちろん、ときには疑う者みずからもまたとるにたらぬ「かんぐり」や「邪推」かもしれないと思ってしまうときこそ、それは重大な問いかけであり疑いであると考えたほうがよい。

9　「何故だろう、何故だろう」

この「かんぐり」や「邪推」は、疑う者の日常からはじまる。現状において支配的な思想や文化、政治や経済それぞれの領域のはるか手前であることはもちろん、そうした体制に抗うはずの思想や政治的知見の手前で、いつでも、どこでも、うごきだす疑いである。

支配的で常識的な思想や政治をいったん括弧にいれ、みずからの判断で一歩一歩を選びとる個々の主体誕生のきっかけとなる「日々の疑い」、といいかえてもよい。

先の講演から数年後、人気作家五木寛之との対談「清張ドキュメンタリーの源泉」（一九七六年）でも、社会的な出来事への関心の始まりについて松本清張はこう語っている。「何故だろうか。ぼくらの好奇心と探索心は、その『何故だろう、何故だろう』というところからすべて始まる」、「その謎に対しては何がどうなっているのかわけがわからないというふうにしてしまうのではなくて、これはこうではないかという勘繰りでも、憶測でも、何でもいいから、一つのそういう主観を持って調べて行かなければ、何も摑《つか》めない」。

「かんぐり」、「邪推」、「憶測」の形をとった、「何故だろう、何故だろう」という日々刻々のささやかな疑いが、容易には眼に見えぬものへ、隠されたなにかへと、少しずつ少しずつ接近する、不安で怖くてそして楽しく希望にとどく試み——これこそが、松本清張の「隠蔽と暴露」という方法の実践であった。

10　一つの秘密が終われば、もう一つの秘密が始まる

登場人物の日々の「かんぐり」や「邪推」から始まる、松本清張独特な「隠蔽と暴露」の導きによって、読者は一つの大きな秘密にとどく。しかし——。

しかし、物語はひとまず終わったとしても、読者の前にはさらに大きな秘密と暗闇がひろがる。たとえば、税務署員の収賄と官僚の出世主義とがかさなって起きた惨劇を暴く『歪《ゆが》んだ複写』（一九六一年）の終わりには、事件を追跡してきたR新聞社会部記者、田原典太のこんな言葉が記される。

《「厭《いや》な事件だったね。ぼくは夢中になって記事を書いていたが、しまいには、だんだん厭になってきたよ」

田原典太は、酒を咽喉《のど》に流して言った。

「これで税務署も、少しは反省するだろうか?」

時枝が言った。

「反省するもんか。一つの悪事が出れば、もっと巧妙に立廻るだけだよ」

（『歪んだ複写』）

田原は腕を組んで両肘を突いた。》

莫大《ばくだい》な利権をめぐり対立する政界要人を抹殺した黒い組織を追う『影の地帯』（一九六一年）の結末部で、事件の真相を知った新進気鋭の社会派カメラマン、田代利介は思わないわけにはいかない。

《とにかく、すべては終ったのだ。……この事件で、いちばん悪いやつは誰だろう。

犯罪を犯したものか、その上にいる巨大な存在か。

あたりの景色はおだやかだった。

だが、この平和の奥に、まだまだ見えない黒い影が傲慢《ごうまん》に存在し、それが目に見えないところから、現代を動かしているのだ。

平和なのは、ただ目に見える現象だけであろう。

怪物は、依然として日本の見えない奥を徘徊《はいかい》している。》

（『影の地帯』）

松本清張作品では、一つの秘密の終わりは、新たなより大きな秘密の始まりなのだ。

松本清張作品の読者は、おりかさなる隠蔽の力に抗し、その向こうにある秘密にとどく。

しかしそれは一つの物語の終わりであっても、隠蔽の力と秘密の終わりではない。

一つの物語の終わりにたどりついた読者は、読者じしんの日々の生活のただなかに、いっそう大きな、さらに黒々とした無数の物語をみいださないわけにはいかない。秘密は「公然の秘密」と化し、事態を見届けた者に、あるいはあきらめの感情をもたらすかもしれない。しかし、松本清張が次の作品でえがくのは、ふたたび「何故だろう、何故だろう」と疑問を発し、ともすればしのびよるあきらめの気持ちをけちらし、暴露と顕在化に向かって一歩一歩、歩を進める者たちの執拗な行為なのである。

11　主体的な読者の誕生、次つぎに、続ぞくと

社会にくみこまれた秘密および隠蔽は、社会をいたるところで不可視にし、社会に闇をひろげて、社会を生きるわたしたち自由な主体の活動範囲をせばめることはもちろん、自由な主体じたいをいちじるしく毀損《きそん》する。

松本清張の作品によって、一度でも「隠蔽と暴露」の実践をともにした読者は、周囲にひろがる人間と社会と国家の闇によって毀損されつづけていた自由な主体をわずかに修復し、その活動範囲を少しずつ、少しずつ拡大してゆくだろう。

松本清張作品ならではの主体的な読者の誕生である。自由な主体はもともと「ある」も

のではない、それは日々の「疑い」とその追究（他に向けられるとともに、他にかかわるみずからにも向けられる）の積極的な選択によって、「なる」ものなのだ。

戦前とは異なる主体と社会を日々選びとるため戦後しばらく注目された実存主義でおなじみの表現が、今、新鮮に感じられはしないか。戦後が暗い「新たな戦前」へと転じる現在、それを疑い、拒むという積極的な選択がわたしたち一人ひとりに求められている。

昨今の松本清張ブームは、新たな秘密と戦争の時代がはてしなくおしひろげる暗闇の中、こうした主体的に選択する読者への、そして、それら個々の主体の新たなむすびつきへの、わたしたちのつよい希求にかかわるにちがいない。

あらわれいでよ。主体的な読者、次つぎに、続ぞくと——。

本書は、松本清張の代表的な作品をとおして、松本清張の「隠蔽と暴露」のさまざまな実践を具体的にたどるとともに、わたしたち一人ひとりの、日々の「疑い」からの出発を称揚し、人と社会と国家の暗い秘密を見ぬく方法をあきらかにする試みである。

第Ⅰ部　松本清張、人と方法

第一章　松本清張とは誰か

1　「定住、定職という常識」の外からやってきた

多くのベストセラー作品をうみだした松本清張は、じつに精力的で好奇心にとみ、ときに意表をつく行動もあって、長く世間の注目をあつめつづけた。

しかし、作家になるまでの半生は、けっして明るく、はなばなしいものではなかった。みずから「濁った暗い半生」と呼ぶように、基調は暗澹《あんたん》としたものだった。

松本清張は、一九〇九年一二月二一日、福岡県企救《きく》郡板櫃《いたびつ》村（現北九州市小倉北区）で、松本峯太郎と岡田タニの長男として生まれた、――ことになっている。

しかし、実際に生まれた（同年二月一二日）のは現在の広島県広島市で、板櫃村は出生届がだされた地との説があり、近年はこの説が有力になっている。松本清張じしん、最晩年のインタビュー「文学の森・歴史の海」（一九九〇年）の冒頭で、「生まれたのは小倉市（現北九州市）ということになっているが、本当は広島なの。それは旅先だったので、その後、すぐ小倉に行ったものだから、そこで生まれたことになっている」と語っている。

父と母はよりよい仕事を求め、各地を転々としていたのである。若い頃それぞれの故郷をでて、二度と故郷にはもどらなかった、否、もどれなかった。故郷の人びとからみれば、二人とも、まさしく「旅」にでたまま、いずこかへ消えた者たちだった。

土地持ち、家持ちとまではいかなくとも定住、定職が称揚され、日本独特の家族単位の管理システム＝戸籍制度が遵守されて、それが「普通」すなわち常識となった社会の、非定住者にして、「見えない人びと」だったのだ。

後に『放浪記』（一九三〇年）を書く六歳年上の林芙美子《ふみこ》も、そんな人びとの中からあらわれた作家である。母、養父の行商の旅に同行していた林芙美子が、ひとまず尾道市におちつき文学的揺籃期《ようらんき》をむかえる頃、松本清張は下関の小学校に入学したものの、翌年、一家の移住にともない小倉市に移った。

2　前途に望みをみいだせぬ鬱屈《うっくつ》とともに

本人は中学進学をつよく希望したが、家庭の貧困のためかなわなかった。一九二四年に小倉市の尋常高等小学校を卒業してすぐ、川北電気株式会社小倉出張所の給仕となる。詰襟服を着て電熱器や扇風機などを自転車に載せ配達したが、途中、中学に進んだ友だちに会うのは辛《つら》かった。制服姿の友だちを見るとすぐ、横道に逃げた。

暇をみつけては文学書ばかり読んだ。日本文学では芥川龍之介、菊池寛らの作品を愛読し、外国文学ではドストエフスキー、ポーを好んだ。

この時期のよく知られた写真で清張少年は、前途に望みをみいだせぬ鬱屈と、内面に閉じこめた文学的感性の繊細さと、一労働者としての誇りと怒りとを、みんな一緒に漂わせている。大きな鳥打帽がよく似合う。

一九二七年、川北電気の人員整理によって失業したため、小倉の兵営のそばで面会にくる家族にパンや餅を売るようになる。この頃、八幡《やはた》製鉄所などの文学好きの職工たちと交友して、短い習作を書く。翌年、小倉の高崎印刷所に石版印刷の見習職人として就職、版下工の技術をみがく。

一九二九年、文学仲間がプロレタリア文芸雑誌『文芸戦線』、『戦旗』を購読していたことから、松本清張は小倉署に検挙され十数日間も拘留されて、竹刀で打たれるなどの拷問を受けた。この拷問体験は後に『無宿人別帳』を書く際に活《い》かされた。驚き怒る父に蔵書を燃やされ、読書を禁じられた。

見合い結婚をした翌年の一九三七年、小倉に移転してきた朝日新聞九州支社（後の西部本社）の広告部意匠係臨時嘱託となり、広告版下をえがきはじめる。社内でのあからさまな学歴差別、職種差別にさんざん悩まされながら一九四三年にようやく社員となったが、同年教育召集で入隊。翌年、臨時召集され衛生兵として朝鮮に送られた。戦闘を一度も経験しないまま、敗戦は全羅北道井邑《チヨンウプ》（現井邑市）でむかえた。戦後は朝日新聞西部本社に勤務しながら、図案家として活躍する。

3　超人的作家「松本清張」の誕生

父母、夫婦、子ども四人、一家八人の生活の維持は苦しかった。

一九五〇年、賞金を生活費に充てようという期待と、生活の苦しさから逃避しようという思いから、『週刊朝日』の「百万人の小説」に応募した短篇『西郷札』が三等（賞金十万円）に入選した。『西郷札』は第二十五回直木賞候補となった。

一九五二年、『三田文学』編集の推理作家木々高太郎《たかたろう》に勧められ同誌に発表した『或《あ》る「小倉日記」伝』は直木賞候補作となったが、芥川賞選考委員会に回され、一九五三年、第二十八回芥川賞を受賞した。同時受賞作品は五味康祐《やすすけ》の純然たる時代小説『喪神《そうしん》』である。小島信夫、安岡章太郎、吉行淳之介らの現代小説をおしのけての、同時受賞であった。

歴史時代ものを中心に短篇を次つぎに発表したこの年の暮れ、朝日新聞東京本社に転勤となり上京した。

ここから、作家松本清張の、まさしく超人的な活躍がはじまる——。

一九五五年に『張込み』、翌年に『顔』と推理小説の佳作を発表、一九五七年にはそれらをまとめた短篇集『顔』で第十回日本探偵作家クラブ賞（現日本推理作家協会賞）受賞。

同年連載した『点と線』、『眼の壁』は翌年単行本が刊行されるやいなやベストセラーとなり、いわゆる社会派推理小説ブームの原動力になった。その後、『ゼロの焦点』、『黒い画集』、『霧の旗』、『球形の荒野』、『わるいやつら』、『砂の器』などを書きつぐ。

一九六〇年に連載された『日本の黒い霧』でノンフィクションにも進出、その延長線上にライフワークのひとつ『昭和史発掘』を書き、そこであつめた資料、情報をもとに、遺作（未完）となるフィクション『神々の乱心』を書いた。

一九六〇年代後半からは、『古代史疑』、『古代探求』などで、戦前の皇室タブーや、従来の学術的定説をのりこえて、古代史の謎、秘密に挑む。

一九七〇年代末からは、『白と黒の革命』、『聖獣配列』、『霧の会議』などで、入念な海外取材にもとづき、日本をつつみこむグローバルな規模の闇に迫った。

松本清張が死んだのは、日本ではバブル経済がはじけ、世界的にみればソ連の崩壊とともに冷戦が終わった直後の一九九二年である。戦後ながらく当たり前だった社会と世界が終わり、新たで混沌《こんとん》とした、方向の見定めがたい時代が幕をあけた。

あらかじめの方向と到達点を括弧にいれたうえで、日々の疑いから出発する松本清張の姿勢と方法が従来に増して重要となる——冷戦時代が終わり、経済最優先のグローバリゼーションが席巻《せっけん》するとともに、各地域でそれに反発する原理主義、ナショナリズム、地域覇権主義、さらには反グローバリゼーションの動きがでてくる、今につづく世界史的混沌の時代の始まりに、松本清張は生を終えたことになる。

まことにはなばなしい活躍の四〇年であるが、この華麗な表現史は、前にあった四〇年余りの暗く停滞した生活史につながっていた。

4　濁った暗い半生が、堅固な「負の砦《とりで》」となった

作家としてデビューするまでの、長い小倉時代をえがいた自叙伝『半生の記』（一九六六年）には、生活と人間関係についてのネガティブな記述が連続する。

冒頭近くで、早くもこうだ。

「少年時代には親の溺愛《できあい》から、十六歳頃からは家計の補助に、三十歳近くからは家庭と両親の世話で身動きできなかった。——私に面白い青春があるわけはなかった。濁った暗い半生であった」。

とはいえ、雑誌連載時の『回想的自叙伝』版（一九六三年〜六五年）もふくめれば『半生の記』で実際にえがかれる父や母は、濁った暗い生活に塗りこめられはしない。

極貧の生活にあっても、陽気で政治や歴史にやたらと詳しい父がいて、心配性だがへそくりして着物を作ってくれる優しい母がいる。こんな父母像には、変化のない「濁った暗い半生」を、あるがままに、やみがたい親和性でだきしめる松本清張がうかびあがる。まるで「負の共同体」、というより、いっそうポジティブな「負の砦」のごときふたしかな堅固さのもとに。それは、次のような記述からもあきらかである。

「小倉の中島にあるバラックの家の前には、白い灰汁《あく》の流れる小川があった。近くの製紙会社から出る廃液の臭気が低地に漂っていた。しかし、住んでみると、その悪臭を嗅《か》がないと自分の家でないような気がした。学校がひけて、その灰汁の臭う橋まで帰ると、私ははじめてわが家に戻ったような気安さを覚えた」。

そして、『回想的自叙伝』の「点綴《てんてつ》」の章に、文字どおり点綴されるのは、「一、糯米《もちごめ》」「二、一等」「三、隙間」「四、南天」「五、模型飛行機」「六、きもの」「七、作文」「八、息子」「九、親戚」。日々のエピソード一つひとつからは、父がいて母がいて、友だちが走りまわり、黒い雪が降り、いつも焦げくさい臭いのする炬燵《こたつ》布団ゆえに安堵《あんど》する、そんな日々の「負の砦」への親しみ、懐かしさがとめどなくあふれだす。

松本清張の体験した長いながい「濁った暗い半生」こそが、いわば「負の砦」として、みずからの人生の、これ以上にないはっきりした根拠として、後の「黒の作家」松本清張の縦横無尽な活躍のベースになった、といってよい。

5 生活史に根ざす五つの特色

松本清張の生活史と表現史をかさねると、五つの特色がとりだせよう。

第一に、社会の「最下層」（『半生の記』）からやってきた作家であること。きびしい生活を体験する。松本清張文学に顕著な、社会的な上層であるエリートや権力者への激しい憎悪と、下層を生きる者たちへの共感は、この体験がベースになっていた。名声と富によって社会の表舞台に顕《あらわ》れる者たちにたいし、貧困と無名ゆえに社会の下層に埋もれ、隠れる者たちの立場から松本清張は、顕れる者たちの傲慢を撃ち、隠れる者たちのかけがえのない存在をたしかめようとした。まずは父と母を、松本清張じしんを、そして作品にえがきだす多くの人びとを——。社会秩序の下層へと追いやられ隠された者たちの顕在化＝顕彰という意味で、これは「隠蔽と暴露」のポジティブな働きといってよい。

第二に、松本清張が自己を形成するのは芥川龍之介が自殺をし、政治変革、社会変革をめざすプロレタリア文学が登場する時代であったこと。

知性で世界を掌握しようとした個人の無力がはっきりし、体制と抗争する集団とその思想、文学などが登場した時代である。当時、菊池寛とともに好きだった芥川龍之介の影響で書いた短篇、飢饉《ききん》の起こった朝鮮で人民が土で作った饅頭《まんじゆう》を食べる話は、仲間からはプロ文系の作品とほめられた。知性で掌握する世界にも、否応なく、個人を超えた集団的なもの、社会的なものが雪崩《なだれ》こんでくる。集団的、社会的な視野をもつプロレタリア文学は、登場から間もなく権力から徹底的な弾圧を受け解体するが、その解体もまた社会的なもののあらわれであった。松本清張が狭い個人的な体験に閉じこもる「私小説」を受けつけず、いつも社会的なひろがりを視野にいれているのは、この時代にかかわるだろう。

一九〇九年生まれの作家、評論家には、大岡昇平、中島敦、太宰治、埴谷雄高《はにやゆたか》、花田清輝らがいる。一年歳上には宮本顕治、本多秋五ら。いずれの作家、評論家も、狭い「私小説」からは遠い表現世界をそれぞれに実現した。

第三は、学歴や職種で差別される側にいたこと。

これは右にあげた同い年の作家たちとは決定的に異なる。

ただし、松本清張は差別の淵《ふち》に沈んでいたのではない。差別される側の痛みを核にして、このマイナスを持ち前の努力でプラスに転化した。三〇年にわたり編集者としてかかわり、長く松本清張記念館館長を務めた藤井康栄は『松本清張の残像』（二〇〇二年）で、暗い『半生の記』とは異なる、読書、考古学、英会話などの潑溂《はつらつ》とした独学独習にひかりをあてた。「八人家族の生活を必死で守りながらも、自分の目標を失わずエネルギッシュに生き抜く逞《たくま》しい家長の姿」として。松本清張にとって生活の基調は濁った暗さにあったとはいえ、藤井の指摘する逞しい明るさもあり、そんな暗さと明るさはぶつかりあいながら、松本清張をきたえあげていたのだろう。

6　二つの「未来」が奪われた

第四は、これも学歴差別にかかわり、上の学校に行けなかった松本清張が、関心を「未来」にではなく「過去」へと向けざるをえなかったことである。

最晩年のインタビュー（「文学の森・歴史の海」）で、当時としてはめずらしくなかったとはいえ、上の学校に行けなかったので、友だちがいない、寂しいと語っている。初めて文学や哲学、思想や宗教に接するとともに、人生で最も多感な時期に、「オレ、オマエでつきあえる友人がいたら」という欠落の思いは、当時はもとより八十歳を超えてもなおつづく孤立感をうかびあがらせる。

松本清張じしん、直接言及したわけではないが、学歴に関係する、友だちの欠落以上に大きな欠落があったと、わたしには思われる。その欠落はあまりに大きなものゆえに、「友だちがいない」といった個別の指摘を、はるかに超えていたにちがいない。

中学、高校、大学と進むのは、当時、大方の者にとって近未来におけるより良い社会的ステイタス獲得に向け階段を一段一段上ってゆくことに等しかった。そうつよく信じられていた。そんな世俗的な階段を厭《いと》うわずかな者たちにとってもまたそこは、将来の知識人として欧米の言語や文化、現代思想、現代文学を学ぶ場だった。世俗的階段にたいして文化的階段というべきか。そんな将来の知識人にとって、欧米の新たな文化潮流が、遅れて西欧近代に参入した後進国日本のあるべき「未来」とかさねられたのはいうまでもない。

社会的ステイタス獲得の制度上の入り口として、東京帝国大学を中核とする大学は、同時に、欧米の新たな文化潮流摂取をほぼ独占していた。

社会的ステイタス獲得という「未来」。

欧米の新たな文化潮流摂取を前提とした、あるべき「未来」の構想。

中学校進学を断念せざるをえなかった少年松本清張は早くから、二つの「未来」が奪われているのに気づいていたはずである。少年時代の写真に顕著な、前途に望みをみいだせぬ鬱屈は、主に奪われた「未来」にかかわっていたにちがいない。

後者の「未来」の欠落については、作家となった後の松本清張にもはっきりとあらわれている。とりあげない話題はないと思われがちな松本清張だが、戦前に増して戦後にさかんとなった欧米の新たな文化潮流摂取について具体的にふれることはほとんどなかった。

作品中でふれた数少ない場合、『砂の器』(一九六一年)の進歩的で前衛的な若い文化人の「ヌーボー・グループ」についても、非難と揶揄と嘲笑の対象だった。晩年も、たとえば、美術界の欺瞞を追う『天才画の女』（一九七九年）のラストでは、「不確実」という言葉を意味ありげにつかう移り身の早い美術評論家を嗤《わら》っている。当時、アメリカの経済学者ガルブレイスの『不確実性の時代』（一九七七年、都留重人監訳は一九七八年）が話題となり、「不確実性」は流行語化していた。

7　埋もれた「過去」を発掘する

しかし、「未来」の欠落にたいしても、少年松本清張はけっして負けていなかった。前者には、母の「手に職を持て」という勧めもあり版下工の技術をみがくことで、かろうじてこたえようとした。後者には、熱心な読書や、英語の猛勉強が関係する。とはいえ、そんなことで「未来」の欠落を埋めることができないのを松本清張は知っていた。

後者の「未来」はとうていひきよせられぬという思いは、反転して、現在において独りでも可能な勉強、調査によってたぐりよせられる「過去」へのつよい関心としてあらわれた、とわたしには思われる。

「未来」はあるともないともいえないが、「過去」は社会の上層、下層を問わず、たしかにあった。しかもそれは、あるべき「未来」の夢のもとに消し去られ、忘れ去られている。現在をつよく規定するにもかかわらず、あるいはつよい規定性ゆえにこそ、未来志向の知識人には忌むべき「過去」を掘りおこすこと。

「未来」礼賛にたいする「過去」礼賛のためではまったくない。「過去」を掘りおこすことが不自由で不可解な現在をそのルーツもろともひっくりかえすことにつながる――おそらくこれが、「未来」を拒まれた松本清張が選択した道だった。

考古学、古代史への松本清張の関心はよく知られている。

戦前は皇室タブーに梱包《こんぽう》されていた国家成立の謎の解明、ひいては現在成立の謎の解明に挑む考古学、古代史の熱心な探求者として、『陸行水行』(一九六四年)をはじめとする小説を書き、一九六〇年代後半からは『古代史疑』(一九六八年)、『古代探求』(一九七四年)など独自の研究の成果を発表して、多くの学者たちと交流した。

考古学、古代史への関心は、朝日新聞時代、机が隣りあわせた広告部校正係主任Aさん(浅野隆)の感化によると、『半生の記』で記す。考古学、古代史を人と社会の「過去」への探索のきわまりと考えれば、「過去」への松本清張の関心はここからはじまるのか。

ただし当然のことながら、感化を受けるには、それを受けいれるだけの「地」が、松本清張の内部ですでに作られていなければならない。

8　「隠蔽と暴露」の誕生

『半生の記』をさかのぼってみよう。すると、こんなエピソードがあらわれる。

十八歳のとき、小倉の小さな地方新聞社に赴き、新聞記者志望であるとつたえた。鼻で笑った社長は即座に、「新聞記者というのはみんな大学を出ている、君のように小学校しか出ていない者は、その資格がない」と言った。

松本清張が世間のきびしい学歴差別に直面する、周知の残酷なエピソードである。

わたしが注目したいのは、このエピソードの直前におかれた以下の話だ。

父は政治家原敬《たかし》を尊敬し、新聞で仕入れた政界話を他人に吹聴《ふいちょう》していた。講談本をよく読み歴史にも詳しかった。原敬は新聞記者出身だった。そんな父の影響もあって新聞記者に漠然とあこがれていた給仕時代、ボーナスで買った高価な手土産を持ち、下関の中山社（現中山神社）の宮司を訪ねた。一九二六年、十七歳の頃である。中山社は大和《やまと》十津川の旗揚げで有名な公卿《くぎょう》中山忠光を祭った宮（一八六五年創建）である。天誅組《てんちゅうぐみ》の首領だった中山忠光は弱冠二十歳（数え年）でこの地で暗殺された。後の明治天皇の叔父《おじ》にあたる。

宮司には本当の新聞記者とはさすがに言えず、ある同人雑誌の取材できたと告げた。宮司の話を手帳に控えながら「新聞記者になったつもりで胸が鳴った」。

少年松本清張にとって、新聞記者はなによりもまず、忘れられた「過去」、しかもそれは現在において再認識されねばならない出来事を発掘し、顕彰する夢の実現者だったのだ。新聞記者は、「未来」をえがく者でも、「現在」をうつしとる者でもなく、最新情報を求める同時代の人びとの記憶、関心からはるかに遠ざかり、埋もれてしまった「過去」を掘りおこす者として、少年松本清張にはイメージされていた、といってよい。

中山社は松本清張が訪ねた二年後の一九二八年に県社中山神社となった（『中山神社略記』一九五八年）。訪問の前年、一九二五年には、中山神社造営事務所から川崎又次郎編の伝記『中山忠光卿』がでて、忘れ去られ事蹟も消滅しかかっている忠光の「一大元気」こそ、六〇年後の今、「回顧」され顕彰されねばならないと説いていた。

この時期、松本清張の頭にあったのは、ひとり中山忠光だけではなかったろう。「過去」を掘りおこして今につたえる「新聞記者」のイメージは、「未来」から外れ「現在」からも拒まれた少年松本清張の自己イメージにかなりの部分かさなっていたはずだ。「現在」からの逃避のための過去でも、「未来」からの逃避のための過去でもない。「未来」はもとより「現在」からも拒絶されているのを自覚した者の、しかも、そんな「現在」や「未来」がこれなしにはありえない拠《よ》り所としての「過去」である。「現在」を規定するとともに「未来」の選択にかかわる「過去」の発掘であった。

おそらくこれが、十数年後、同僚によって手ほどきを受けた考古学へのつよい関心としてあらわれ、また、戦後、箒《ほうき》の仲買をしていた頃の、各地にちらばる遺構巡りにつながる。現在の変革を未来につなぐ知識人群から遠く孤立した暗い場所で、若くて貧困で無名な一人の青年が果敢に選びとった「過去」への関心、埋もれた「過去」への関心。

それはやがて、西南戦争のおりに発行された軍札をめぐるデビュー作『西郷札』や、森鷗外《おうがい》の失われた日記を追跡する『或る「小倉日記」伝』をうみだした。また、過去を隠すことが犯罪につながる『ゼロの焦点』、『砂の器』などをうむ。

「過去」への関心は、作家時代すべての時期で認められる歴史時代小説へのとりくみともかかわり、古代史と考古学への熱中とも関係する。

こうした「過去」への関心を、近代が隠してしまったものへの関心と考えれば、さらには、近代のみならず現代が、そして近代にいたる歴史総体が隠しているものへの関心と考えるなら、これは「隠蔽と暴露」という方法の誕生に深くかかわっていたはずである。

9　皇軍兵士として一切の思考は死んでいた

第五は、皇軍兵士としての体験である。
最初の教育召集は、新兵の平等が朝日新聞社での差別的待遇を忘れさせてくれたものの、二度目は戦局の悪化もあり、さすがに死をつよく意識した。内務班は階級による身分差別が徹底され、師団長は神さまであった。官僚組織内の暴力と膨大な無駄を、すでに中年になっていた松本清張は身をもって体験する。

植民地における軍隊の横暴もまのあたりにしたはずである。皇軍兵士としての体験は次のように総括された。

「兵隊の間は飯あげと、洗濯と、寝るだけであった。一切の思考は死んでいた。頭脳は動物化していた」(『半生の記』)。

これが松本清張にとっての戦争だった。

思考の死によって意識せず、見えなくなっていた戦争は、いずれ深々とえぐりだされ、広範に暴露されて、可視化されねばならなかった。戦時はもちろん戦後になっても隠され、今なお不可視化されたままの戦争の実態もろともに。

いったいそれは何であったのか、今、何であり、何になるのか。

どれほどのひろがりと深さを、過酷さと惨《むご》たらしさを、戦争という出来事はもたらし、もたらしつづけているのか。初期短篇『赤いくじ』や長篇『遠い接近』だけでなく、戦争に関係する多くの作品が書かれたゆえんである。

10 ネガティブな体験をこそ、次のステップにする

松本清張の生活史上の特色とそれが松本清張の表現にもたらしたものを、まとめよう。

第一は、社会の最下層からやってきたこと。それは、権力者への激しい憎悪となり、下層の民への共感となった。

第二は、芥川龍之介が自殺し、プロレタリア文学が登場するもたちまち壊滅してしまった時代における自己形成。それは、個人で完結する物語を拒み、社会的な暗いひろがりへの関心となった。

第三は、学歴や職業で差別される側にいたこと。それは、差別する者への怒り、軽蔑となり、偏見や差別のない人間関係、社会への声高ではない希求となった。

第四は、関心を「未来」にではなく「過去」へと向けざるをえなかったこと。それは、

欧米から次つぎにもたらされる「未来」を信奉した近代（そして現代の）日本知識人の浮薄さを遠ざけ、すぐに廃れてしまう未来型の流行語を遠ざけ、誰もが経てきた「過去」の直視、そして「過去」のとらえ直しから現在、未来をとらえようとする流儀をうみだした。

第五は、皇軍兵士としての戦争体験。それは、巨大な隠蔽装置としての戦争をまのあたりにし、背景の近代日本の侵略と植民地支配をふくめて、暴露の必要性を自覚させた。

――これら生活史上のネガティブな体験は、わたしたちの多くがそんな暗い体験につながれたままになるのにたいし、一つひとつに積極的な意味をみいだし、次のステップへ挑む流儀を生活者松本清張の中に確立させた。

それが後の作家松本清張をうみだし、「隠蔽と暴露」の方法をうみだしたのである。

なお、ここでの松本清張の生活史については、主に『半生の記』を中心に作家自身の言葉、また藤井康栄『松本清張の残像』などを参照し、年譜的な確認では藤井康栄編（『松本清張全集66』一九九六年、『松本清張の残像』二〇〇二年）をベースに、郷原宏編（『松本清張事典　決定版』二〇〇五年）、岩見幸恵編（志村有弘・歴史と文学の会編『松本清張事典　増補版』二〇〇八年）などを随時、参照した。

第二章　「隠蔽と暴露」という方法

1　わたしたち誰もが関係する

松本清張の旺盛な表現活動の核にあったのは、「隠蔽と暴露」の方法である。

松本清張は、人と社会と国家の秘密すなわち暗黒を暴露し、しずかに告発しつづけた。秘密と暗黒は、しばしば凄惨《せいさん》な犯罪としてあらわれた。松本清張にとって犯罪は、「人間の業苦の凝固《ぎようこ》」（『波の塔』に登場する若き検事小野木喬夫の思い）であり、同時に社会の業苦の凝固であった。また、犯罪として特定の凝固にいたらず、広範囲にただひたすら部厚く沈殿し、集積してゆく人間の業苦、社会の業苦にも松本清張は眼を向けつづけた。

秘密すなわち隠れたもの、不可視のものは、ただたんに見えなくなったものではない。そこには隠そうとする力、あるいは見せまいとする力、隠蔽の力が幾重にもおりかさなる。

わたしが松本清張の方法を「隠蔽と暴露」と呼び、「隠蔽を暴露する」あるいは「隠蔽に抗して秘密または真相を暴露する」と呼ばないのは、圧倒的な勢力による巨大な秘密の形成および隠蔽と、それに立ちむかう個々の小さな暴露という二者の非対称性を、つよく意識しないわけにはいかないからだ。

しかも、はなはだやっかいなのは、隠蔽という力が、「わたし」とは遠いと感じられる勢力のものにとどまらず、この「わたし」の中で音もなく働きつづけている、ということである。「隠蔽する社会」を生きる「わたし」もまた、そんな隠蔽の「普通の日常」に無意識のうちに加担している。だからこそ、「わたし」の中に兆す「何故だろう、何故だろう」というささやかな疑いが、個人のうちで完結することなく、人びとへ、社会へ、国家へとひろがってゆくのだ。この加担を見ないことでは、事件や出来事を「わたし」から切りはなして、「某人物や某組織や某国家」へと遠ざけるだけの陰謀史観信奉者も、陰謀史観嘲笑者も同じである。

2　少しずつ、少しずつ知ってゆく

松本清張は、日々刻々の「疑い」をきっかけに、こうした幾重にもおりかさなる隠蔽をみいだすとともに、暴露という方法で周到かつ果敢に立ちむかった。
秘密をめぐって次つぎに姿をあらわし、社会的な規模をひろげる隠蔽の力に抗しつつ、秘密へと少しずつ、少しずつ接近し、ついにはそれをあきらかにする。
松本清張独特な「隠蔽と暴露」の実践は執拗をきわめた。
周知のとおり、松本清張は『随筆　黒い手帖』（一九六一年）で、みずからの試みの意義を、従来の推理小説的な手法に関連づけながら、次のように述べている。
《現代社会がその作家の空想の所産でないかぎり、現実には神のごとく彼には分りようがないのである。彼は社会の一部を部分的になでてゆくほかはない。そして、触れた物体が何か。また、他の触れた物体とどう関連するか。関連したら、そのかたちはどうなのか。相互にどういう機能があるのか。その一つ一つをたしかめてゆくよりほかに分りようがあるまい。（中略）
ここで、社会小説を書くのに推理小説的な方法を用いたらどうであろうか。未知の世界から少しずつ知ってゆく方法。触れたものが何であるか、他の部分とどう関連するか、という類推。（中略）
少しずつ知ってゆく。少しずつ真実の中に入ってゆく。これをこのまま社会的なものをテーマとする小説に適用すれば、普通の平面的な描写よりも読者に真実が迫るのではなかろうか。つまり、少しずつ知ってゆくというところに、推理小説的な手法の適用がある。》（「推理小説の魅力」）

松本清張がここで語る「少しずつ、少しずつ」は、作者の書き方（手法）であるとともに、読者の読み方にかかわるにちがいない。そしてなによりも、作品世界でとらえられ、あきらかとなる社会の、「広く、さらに広く」、「深く、さらに深く」にかかわり、社会的存在としての人間の心と関係の、「広く、さらに広く」、「深く、さらに深く」にかかわる。

3　社会派ミステリーの試み

引用箇所の主張にしたがえば、松本清張作品を指して当然のように語られる「社会派推理小説」は、「推理小説型社会小説」といいかえられねばなるまい。「社会派推理小説」という言葉を松本清張が積極的には使用しなかったのはここにも関係するか。

松本清張は、前人未到の独創的な試みの自負から、十把《じっぱ》一絡《ひとから》げ的な「社会派」という言葉も好まなかった（筒井康隆との対談「作家はひとり荒野をゆく」一九七七年）。

ただし「推理小説型社会小説」と呼ぶには、本体となる「社会小説」が、日清戦争後に登場した歴史的存在とはいえ、その後、多くは用いられずあいまいな概念ですわりがわるい。

しかも松本清張は、よく知られているとおり、「推理小説」じたいにも重大な改変を加えていた。

「私は自分のこの試作品のなかで、物理的トリックを心理的な作業に置き替えること、特異な環境でなく、日常生活に設定を求めること、人物も特別な性格者でなく、われわれと同じような平凡人であること、描写も『背筋に氷を当てられたようなぞっとする恐怖』の類いではなく、誰でもが日常の生活から経験しそうな、または予感しそうなサスペンスを求めた。これを手っ取り早くいえば、探偵小説を『お化屋敷』の掛小屋からリアリズムの外に出したかったのである」（「推理小説の魅力」）。

松本清張は、江戸川乱歩以来の日本型推理小説にたいし、社会的なひろがりと同時に人間的な厚みと深みをもたらす「動機の重視」を積極的にうちだし実行して、推理小説に大きな変革をもたらしたのである。

したがって、松本清張の試みを名指すには、「社会派推理小説」がそうであるのと同程度に、「推理小説型社会小説」もしっくりこない。

本書でわたしは、社会的な視野と人間存在の厚みと深みを同時に確保し、「少しずつ、少しずつ」謎に迫るという推理小説的方法を適用した松本清張の独創的な作品群を、従来とはやや意味を異にしつつ「社会派ミステリー」と呼びたい（その方法と実践の結実は、小説はもちろん、エッセイ、ノンフィクション、歴史研究などにもみられる）。

4　プロレタリア文学とのかかわり

たてつづけに発表される社会派ミステリーが話題となり、ノンフィクション作品『日本の黒い霧』（一九六〇年〜六一年）がベストセラーになると、四歳年上で戦前から詩人、作家、評論家として活躍してきた伊藤整がいち早く反応した。評論「『純』文学は存在し得るか」（一九六一年）で松本清張の試みを、「プロレタリア文学が昭和初年以来企てて果さなかった資本主義社会の暗黒の描出に成功」したと評した。

「資本主義の社会悪をえぐって描き出す大きな作品の出現が、この三十年間待望され続けていたのだ。だが遂《つい》にそれらしいものが現われなかった。その種の文学理論や党派的行きがかりに全く煩わされなかった松本清張が、実質上それに該当する作品群を書いた」。

「純」文学の理想の一つが、松本清張の新しい大衆文学によって実現されてしまった、というのが伊藤整の見立てである。

このたかい評価は、たちまち、平野謙、瀬沼茂樹、野間宏、大岡昇平ら同時代の評論家、作家によってとりあげられ、議論された。表現は異なるものの、題材における社会的なひろがりの確保、および暴露の破壊力は評価しつつ、社会をとらえる思想の基軸のあいまいさを問題視し、思想の体現者であるべき登場人物が暗黒とどう闘い、どう突破し、突破した先にいかなる光（希望）をみいだしているかを問いかけていた。

たしかに、戦前のプロレタリア文学にあって、資本主義社会の暗黒、すなわち人と社会と国家の暗黒は暴露の対象であった。しかもそれは個々の対象にとどまらず、階級的視点からのトータルな暗黒暴露であり、トータルな暴露が労働者階級による根本的な変革へ、すなわち社会主義革命へとつながらねばならぬという、確固とした方向を有する暴露だった。当時の批評家青野季吉《すえきち》の言葉（「自然生長と目的意識」一九二六年）を借りれば、自然生長的、自然発生的な暴露ではなく、目的意識的な暴露だった。

青年松本清張は、プロレタリア文学について文学仲間をとおしてある程度の知識はあった。また、プレハーノフ、ブハーリンといったロシアのマルクス主義者の文学理論も蔵原《くらはら》惟人《これひと》訳で読んだという（『半生の記』）。だから、文学史の流れにおいて、「プロレタリア文学が昭和初年以来企てて果さなかった資本主義社会の暗黒の描出に成功」という松本清張への評価は、プロレタリア文学の試みと松本清張の試みを切りはなさないという意味でなら、けっしてまちがってはいない。

5　日々の疑いからはじめる

しかし、貧困で無名で若い松本清張は、同世代の知識人の卵たちが仰ぎ見る「未来」についいて、かなりの知識はあったとしても、自分がそこからはるか下方へとはじきだされていると自覚していた。「未来」と連続する「現在」も所有していなかった。革命はその「未来」に属していた。「文学仲間」と呼ぶ東洋陶器の職工や八幡製鉄所の左傾化した職工たちにも、境遇上の共感はほとんどなかった、といってよい。

しかも、そんな青年労働者にも、プロレタリア文学系雑誌にふれたというだけで、権力は容赦なく襲いかかった。やがてプロレタリア文学運動は弾圧により壊滅し、わずかな獄中非転向作家たちを除き、転向作家の多くは私的な世界に回帰してゆく。

知識人主導時代のプロレタリア文学は、松本清張に、個人に閉じこもることの不可能性と、社会的視野獲得の必要性をはっきりしめしたものの、同時にみずからの立ち位置との落差を意識させたにちがいない。松本清張が当時とくに親近感をもったのは、社会的視野とテーマ性を独自に結合させた菊池寛だった（評伝『形影　菊池寛と佐佐木茂索』一九八二年）。

一五年戦争がはじまり、朝日新聞社に最初は臨時嘱託として雇われても、学歴差別と職種差別のはなはだしい職場で、松本清張の意識は変わらなかった。

松本清張とプロレタリア文学とを切りはなすのが誤りであるのと同じく、松本清張をプロレタリア文学の延長線上の画期とみなすのも誤りだろう。松本清張は、プロレタリア文学が追究した「資本主義社会の暗黒」の描出すなわち暴露を、プロレタリア文学とは別の回路から、別の視点、そして別の主体によって実現したのである。

松本清張は、特定の社会思想や理論から一挙に社会の核心と社会的存在である人間の核心に到達するのではない。むしろそうした思想や理論を括弧にいれ、ごく普通の人の日常と、そこにおける日々の自然生長、自然発生的な「疑い」、やむにやまれぬ「疑い」をとおして一歩、一歩、少しずつ、少しずつ核心に迫り、そこに人と社会と国家の暗黒を、ときにはグローバル規模の暗黒をうかびあがらせる。

物語の中の追跡者には、探偵小説でおなじみの天才的な名探偵が登場しないばかりか、社会と人を見通す思想家や哲学者、革命家や社会活動家もほとんどあらわれない。かわって、社会的視野のひろさを期待できる新聞記者、雑誌編集者、作家、カメラマン、会社員などの日々の疑いと旺盛な好奇心が、みずからを追跡者として前へ前へとおしだす。捜査のプロである刑事や検事が追跡者の場合でも、捜査の常識や先入観は極力排され、日常における「疑い」とささやかな発見が重視される。

特別な方法や限定された思想からではなく、多種多様な人びとの日常からはじめられることによって、物語はどのような読者にもひらかれ、そうであるがゆえに、いったんはいりこんでしまった読者は、もはやそこから逃れることはできない。

6 「孤独と諦観」ゆえの「連繫《れんけい》と執着」へ

では、松本清張の試みには、同時代の作家、評論家とくに瀬沼茂樹が「文学と社会性――〈文芸時評〉」(一九六三年)で非難するように、かつて小林多喜二の作品に川端康成がみいだした「生活の指標と希望」はない、つまりは暗黒の先の光明はないのか。

「松本清張の世界には、暗い諦観と色濃い孤独の影が漂っている」とミステリー評論家権田萬治《まんじ》は、『新潮日本文学アルバム49　松本清張』(一九九四年)の「評伝　松本清張」で書いている。松本清張じしんの言葉、「うらぶれた裏道をとぼとぼとひとり歩いているようなもんだから。／灯のかすかにもれる裏道を歩いているような人物に興味をもつ。行動的な強い人間は自分の性分に合わないと思っている」（「文学の森・歴史の海」）を引きつつ、次のようにまとめた。

「後年、権力に批判的な立場を取りながら、氏が戦前のプロレタリア文学のように社会改革の夢に生きる革命家のような人間像に結局ほとんど関心を払わなかったのも、こういう人間観によるところが大きいように思われる」。

生活者松本清張の人間観としては、たしかにそうだろう。

ただし、表現者としての松本清張の「隠蔽と暴露」の実践は、登場人物（ひいては読者）の孤独と諦観で締めくくられたりしない。

一つの秘密の終わりは新たな秘密の始まりである。いいかえれば、一つの暴露の終わりは新たな暴露の始まりであるという物語のひろがり、つらなりが登場人物の孤独と諦観を許さない。人びとは、秘密のひろがり、暗黒のつらなりに執拗にかかわりつづけようとする。

しかも、松本清張の「隠蔽と暴露」の実践は当然、一作品では終わらない。

つづいて一作品、さらに一作品と、人物と人間関係、出来事と場所などを変えながら、作品はつみあげられる。表現における「隠蔽と暴露」の実践では「孤独と諦観」という人生観のはいりこむ余地はなく、逆の「連繫と執着」ともいうべき流儀がうかびあがる。

孤独と諦観を感じつづけた生活者松本清張にもかかわらず、というよりはむしろそうであるがゆえにこそ、表現者松本清張は、一作また一作と、連繫と執着の実践をつづけた。

未来の希望をかかげることで今までと今現在の絶望をのりきろうとするタイプの文学者、思想家が多い中、今と今までの惨禍をつみあげ、それを一つひとつ丹念にくぐることで、別の人間、別の社会へと一歩一歩ちかづくという文学者、思想家がいる。松本清張はまぎれもなく後者であった。

7 「仕組み」と「仕組み」との喧嘩《けんか》へ

それればかりではない。

部厚い隠蔽と秘密の暴露に実際に立ちあう登場人物は、露出した暗黒にたいし、存続ではなく解体を望むが、けっしてロマンティックな個的な願望にとどまらない。

長篇時代小説『かげろう絵図』(一九五九年)には、それがはっきりとしめされている。

「大奥という巨大な魔物。あらゆる陰湿な権謀と政治がメタン瓦斯《ガス》のように泡を吹いている腐った泥沼である。／が、泥沼ならまだいい。同時に、これは権力の厚い壁なのだ。誰もここには寄せつけない」。

天保の改革直前の、大御所徳川家斉派と老中水野忠邦派との暗闘をえがくこの作品は、権力の策謀渦巻く大奥という場を暴きだす。

物語をとおして活躍する若い新之助は、物語の結末で活躍を称《たた》えられると、首をふって言う。

「人間の一人一人の働きなんざ知れたもんだ。そんなもので、公儀の大きな仕組みが変る訳はない」。

「仕組みが変るのは、人間ひとりの力じゃない。人間の力ではどうにもならぬ別の仕組みが、ひっくり返すのだ。仕組みと仕組みの喧嘩さ」。

新之助の言葉は孤独と諦観に似て、けっして孤独と諦観に終わらず、一人ひとりの連繋と執着がやがて歴史をうごかす「仕組み」にいたるのを示唆する。

そこに「仕組みと仕組み」、すなわち組織と組織、階層と階層、階級と階級、システムとシステムとの争いがみえてくる。

8　隠蔽する力の現代史

「隠蔽と暴露」の作家松本清張の登場は、多くの領域で隠蔽を当たり前とし暴露および顕在化を許さなかった強権的な大日本帝国（後に『昭和史発掘』などで実態が暴かれた）が崩壊した後、民主的な国のありかたを選択したはずの戦後社会にも、依然として隠蔽が存続しているのを物語る。松本清張の眼前で、隠蔽はソフトで、見えにくく複雑化し社会全般にひろがっていた。ではいったい、松本清張が直面していた隠蔽する力とは、具体的には何か。本書第Ⅱ部でとりあげるさまざまな力をあげておこう。

第一は、「戦争」である。

日本の近代は、侵略戦争をくりかえし、ついに国家的破局へといたった。戦争は始まるはるか前からその姿を隠し、始まるとさらに隠し、最中に隠し、終わりにも隠す。敵国にたいしてはもちろん、自国民にたいしても隠す。そんな「戦争」は戦後になっても依然つづいていた。『球形の荒野』、『半生の記』、『黒地の絵』などで顕著にえがかれた。

第二は、「明るい戦後」である。

時代の転換点では、到来する時代がそれ以前の時代をトータルに隠すことがある。歓迎すべき明るい時代であればあるだけ、過去を遠ざけ、なかったことにしようとする。松本清張はまず、一九五〇年代の「明るい戦後」が暗い過去を抹殺しようとする、時代そのもののの巨大犯罪に呼びだされた作家だった。『ゼロの焦点』、『砂の器』、『顔』などである。

第三は、「政界、官界、経済界」他による隠蔽である。

社会の主要な領域で権力をにぎる勢力は、みずからの利権を独占し、他からの批判を拒むためにも、その力と構造を密室の中に閉じこめようとする。松本清張は、これら勢力の全体像から出発するのではなく、小さな破れ目からはいり、個々の勢力だけでなく勢力がかかわりあう闇に迫った。『点と線』、『けものみち』、『黒革の手帖』などである。

第四は、「普通の日常」そして「勝者の歴史」である。

たとえば定職、定住といった「普通」の生活、社会の多数派にとって当たり前の生活秩序が、極貧者、病者、障害者、低学歴者、非定住者、被差別者、先住民族、女性、子ども、老人、また性的マイノリティーなど、社会的な少数者、弱者を排除、見えない者にしてしまう。「勝者の歴史」を背景とするその秩序に、松本清張はじしんもふくめ、見えない者の立場から果敢に挑みつづけた。『或る「小倉日記」伝』、『父系の指』、『無宿人別帳』などである。

9　原子力研究所をめぐる幻の作品へ

第五は、「暗い恋愛」である。

松本清張の物語には、初々しい恋愛も、邪心のない純愛も登場しない。かといってエロティックで濃厚なセックスシーンもほとんどない。さまざまな理由から閉じられた薄暗がりの性愛が、二人を周囲から切りはなすとともに、それぞれの孤独をはっきりさせる。川端康成の『伊豆の踊子』をつよく意識した『天城越《あまぎ》え』、そして『波の塔』、『強き蟻《あり》』などである。

第六は、「オキュパイドジャパン（占領下の日本）」である。

米軍中心の連合国軍は、ダグラス・マッカーサーを最高司令官とする通称「GHQ」のもと占領政策を実行した。GHQ内部で、日本の民主化を求める勢力から、朝鮮戦争が迫り日本を反共の砦にしようとする勢力に指導権《ヘゲモニー》が移行する過程で、不可解な事件が多々ひきおこされた。それらは『小説帝銀事件』、『日本の黒い霧』でとらえられるとともに、その後現在にいたるアメリカとの従属的関係は『深層海流』などでえがかれた。

第七は、「神々」である。

『黒い福音』で日本におけるカトリック教会の閉鎖性を問い、『昭和史発掘』の「天理研究会事件」では、徹底した天皇否定説を公然と宣言、世にひろめるとともに、獄舎につながれても非転向をつらぬく信者たちを称えた。遺作にして未完の『神々の乱心』では、天皇制ファシズムが戦争へと雪崩うつ時代、天皇の宗教的権威内の異端勢力が、権威の内部へ、権力さえ不可視の内部へともぐりこみ、宮中の深奥から現人神《あらひとがみ》をゆさぶる。

第八は、「原水爆、原子力発電所」である。

二〇一一年の福島第一原発の破局的な事故は、「原子力ムラ」という現代社会において最大規模の隠蔽システムをうかびあがらせた。エイズの蔓延《まんえん》する近未来をえがく『赤い氷河期』とならび数少ないSF的作品である『神と野獣の日』で核兵器をめぐる危機をとらえた松本清張も、「核の平和利用」をうたう原子力発電所については、チェルノブイリ原発事故の後も作品化していない。が、死の直前の一九九一年暮れには、フランスのグルノーブル原子力研究所を舞台とする作品が計画されていた――。

第Ⅱ部　隠蔽する力に抗う試み

第一章　戦争

『球形の荒野』、『半生の記』、『黒地の絵』

1　戦争は「隠蔽の総力戦」となる

戦争は隠す。

戦争は始まるはるか前からその姿、意図、戦力、配置などを隠し、始まるとその姿はもちろん、日々の天気予報までをも隠す。

最中には、ありえぬ虚報、大本営発表のごとき「戦況＝勝利」情報で敗退を隠し、ミスリード（情報操作）で事態を隠す。

終わりには可能なかぎり戦争の記録を破壊しつくし、焼却しつくす。しかしそれでも戦争は終わりではない。終わった後にも、実態、犯罪、痕跡などをさらに隠しつづける。敵国および仮想敵国にたいしてはもちろん、自国民にたいしても隠す。

戦争が総力戦となれば、隠蔽もまた総力戦へと規模を拡大するだろう。戦争の総力戦は同時に、国民にとって好むと好まざるとを問わず、「隠蔽の総力戦」となるのだ。

そして隠しつづけた戦争は、いつのまにか次の戦争をひそかに準備している。

今もわたしたちは、「戦後」が「新たな戦前」へと変化する事態に直面しているが、もちろんそれは突然あらわれたのではない。「戦後」が隠し、わたしたちもまた見て見ないふりをしていた戦争が、その禍々《まがまが》しい姿をあらわにしつつあるのだ。

米軍占領のつづく沖縄、軍備のはてなき増強、戦後初の海外派兵、日米共同軍事訓練、防衛庁の防衛省への格上げなど――「戦後」の名のもとに「公然の秘密」化されてきた戦争である。

国家、社会に秘密、機密がやたらと増えてきたら、平和は危うい、といわねばならない。戦争がすぐ近くまできている。戦争が平和を名のりだしたら、平和はいよいよ危うい。「戦前」が確実にはじまっている。

ここ数年、特定秘密保護法（二〇一三年成立、翌年施行）が先行し、戦争法とも批判された平和安全法制、通称「安保法」（二〇一五年成立、翌年施行）が、そして、二〇一七年には、戦前の治安維持法の再来ともみなされる通称「共謀罪法」（改正組織的犯罪処罰法）とつづいた。こうしたプロセスの完成として憲法九条「改正」が二〇二〇年と、安倍首相によって宣言されている。

「秘密」は新たな領域でも増殖しつつある。このところ、防衛省が関与する軍学共同の学術研究や技術開発が多くなった。資金不足に悩む研究者が応募することから「研究者版経済的徴兵制」（池内了《さとる》による）とも呼ばれている。

「東京新聞」は「軍学共同研究　技術立国に逆行する」（二〇一六年五月一八日朝刊）とのタイトルで、「軍学共同研究の問題点は、成果が公表されないことだ。たとえば、情報収集衛星の画像は防災に役立つはずだが、公表に消極的だ。一般の研究成果も秘密になる可能性が高い」と指摘、「宇宙だけでなく、海洋開発やＩＴ、物質科学などの分野も軍学共同となれば、日本の将来を危うくする」と評した。

アジア・太平洋戦争の猛省から軍事研究をしないと一九五〇年、一九六七年の二度にわたり宣言した日本学術会議が、二〇一六年五月に「安全保障と学術に関する検討委員会」

の設置を発表、この原則を見直す検討をはじめたと報じられた。池内了・小寺隆幸編『兵器と大学――なぜ軍事研究をしてはならないか』(二〇一六年)など、このような動きにたいして警鐘を鳴らす本が次つぎに緊急出版され、議論がたかまった二〇一七年には見直しはしないとなったものの、民生技術の開発ではガラパゴス化し発展分野の大半を失ってしまった日本では、今後、多くの分野でこうした軍事研究、軍事技術の開発への見直し圧力はつよまるだろう。

七〇年間まがりなりにも継続した「戦後」が、さまざまな分野で「新たな戦前」へと転じたと憂慮されるゆえんである。

2 燃やせ、燃やせ、全部燃やせ

夜空を焦がす「隠蔽の総力戦」――次の出来事は、戦争が「隠す」ことをつよく印象づける。

『松本清張と昭和史』(二〇〇六年)の著書もあり、ノンフィクション作家で昭和史研究の保阪正康は、一九四五年八月一四日夜の奇妙な出来事を、次のように語っている。

「八月十四日の夜から十五日にかけて、アメリカは日本をあまり爆撃しませんでした。日本がポッダム宣言を受け入れて降伏するということは内々にアメリカに伝えられていましたが、それが無線できれいに流れるように、という配慮がありました。あるいは最後の降伏の準備に入っている日本を爆撃するのは忍びないとして、夜間爆撃の地はそれほど多かったわけではありません。もちろん偵察機は数多く飛んできていました。その偵察機が基地に帰っての報告で、『われわれは何も爆撃していない地でも、日本の全国いたるところから火の手が上がっている。あれはなぜだ』と言うんです」（『安倍首相の「歴史観」を問う』二〇一五年）。

いったい、何が起きていたのか。

「それは史料を燃やしていたんですね。『史料を燃やすように』との命令を文書で残すとまずいから、役場の職員が自転車で走り回って指示を出し、徹底的に燃やしました。（中略）なぜ燃やしたのでしょうか。日本はポツダム宣言を受け入れて降伏したわけですけど、その第十項に、この戦争を起こした指導者たちを戦争犯罪人として裁くという一項があるんです。それを恐れた軍事指導者たちは史料を燃やせと命じた」。

戦争の記録を組織的に焼きはらい、あるいは記録を組織的に隠匿して、戦争の事実を隠す。保阪正康の指摘は主に軍部とりわけ陸軍にかかわる。

しかし、文書焼却はもちろん軍部にとどまらない。

戦争をめぐる近現代史研究の吉田裕は、『現代歴史学と戦争責任』（一九九七年）に収められた論文「敗戦前後における公文書の焼却と隠匿」で、陸軍海軍に加え、内務省、外務省、大蔵省をあげている。

なかでも内務省は徹底していて、当時の事務官はこう語っている。

「内務省の文書を全部焼くようにという命令が出まして、後になってどういう人にどういう迷惑がかかるか分からないから、選択なしに全部燃やせということで、内務省の裏庭で、三日三晩、炎々と夜空を焦がして燃やしました」。

焼却命令はなんと、省のOB個々人にもおよんだという。

また吉田裕は、「軍学協同」の先端を切った東京帝国大学航空研究所でも、八月一五日以降、重要書類の焼却や機材の破壊がはじまったが、他大学も同様の状況があったのではないかとし、「大学の戦争責任」を問う。

戦後七〇年を超えた今、かつての「大学の戦争責任」は「大学の戦前責任」として、大学人一人ひとりにつきつけられている、といえよう。

燃やせ、燃やせ、全部燃やせ——との命令のもと、長らく機密にされてきた戦争の膨大な記録は、その存続を断たれるばかりか、痕跡までもが消し去られるのだ。

戦争犯罪露顕に怯《おび》える者のみならず、みずからが起こした戦争という惨禍、破滅をまるでなかったかのようにふるまう、戦後に連続する国家の意志として。

そして、わたしたちは思わないわけにはいかない。

文書や書類、機材が消し去られるなら、人もまた消し去られるのではないか。

3　死んだ男が帰ってきた

その男は、戦中、死んだはずだった。

その男、野上顕一郎は外交官で、戦争が激化する中、唯一残されていたシベリア経由のルートで欧州に行き、某国の公使館で一等書記官として勤務したが、終戦を待たずに病死したとされていた。

野上は学生時代から、奈良の古寺や大和路《やまとじ》を愛し、外務省に入ってからもそれは変わらなかった。姪《めい》の節子に古い寺の美しさを教えたのは、野上である。

ある日、T大学助教授である夫、芦村亮一の学会出張につきそった節子は、一人奈良を歩いた。唐招提寺《とうしょうだいじ》で、芳名帳に記された「田中孝一」の字にひきつけられた。それは死んだはずの叔父、野上顕一郎の字にあまりにも似ていたのである――。

戦争で死んだはずの男の束の間の帰国が波瀾《はらん》をもたらす『球形の荒野』（一九六二年）は、松本清張の社会派ミステリーの中でもとりわけ人気のたかい作品である。一九七五年に映画化され、テレビドラマとしては一九六二年から二〇一四年まで、さまざまに変奏されつつ八回も制作されている。

スイスの病院から家族にあてた手紙で、野上は書いていた。

「何とか、日本全体を、早く平和に戻さなければならない。ぼくが、こうしてベッドに眼を瞑《つむ》っている間にも、その一瞬一瞬に、何百人、何千人の生命が失われているのだと思うと、空恐しい気がする。（中略）早く、日本に平和が来るように、そして、久美子が無事に成長するように祈っている」。

野上は一刻も早い平和を願い、連合国側との終戦工作に奔走していたのである。敗戦から一六年、野上がその成長を願った娘、久美子は二十三歳になっていた。

久美子の恋人、新聞記者の添田彰一は、野上の筆跡を見たという節子の話につよい興味をいだき、戦時中の外交官が中立国でどんな活動をしていたかを知りたいと思う。松本清張の社会派ミステリーで、新聞記者の追跡は謎にたいして迂回《うかい》に次ぐ迂回にみえるが、この迂回こそが謎を他の多くの時事的問題、ときには世界大の問題と関連づけ社会化する。野上の活動は、戦中はもとより戦後も謎のままだった。何故、そうなのか。添田の執拗な追及は、かつて野上の下で働き今は外務省の課長の村尾芳生や、新聞社特派員として野上とかかわった滝良精にまでおよぶが、両人ともなぜか野上について口を閉ざす。やがて、野上の同僚だった元陸軍中佐の伊東忠介が殺され、久美子をめぐり不可思議な出来事がつづき、村尾までもがホテルで狙撃され……。野上に関係する複数の力が見え隠れする。

そしてついに節子の夫、芦村亮一の前に、みずから「亡霊」と名のり野上があらわれる。なぜ日本国籍を捨てたのかという芦村の問いに、「戦争だ」と野上は答えた。

芦村はくいさがる。

「しかし、戦争が済んで、かなりの歳月が経っているのにまだその秘密が残っているのですか?」

4　戦前の軍国主義国家と戦後の民主主義国家との連続性

なぜ、国家は野上顕一郎の「復活」を許さないのか。

国家が公的に死亡を認めたことはくつがえせないうえ、国民に徹底抗戦を求めながら、裏で国体護持（天皇制存続）のため終戦工作をしていた国家の真相を隠しておきたい。戦前の軍国主義国家と戦後の民主主義国家とは、この点においては連続している。しかも、野上が関与した終戦工作が、英米の諜報《ちょうほう》機関と連携し、すすんで「敗戦の片棒を担いだ」ものだとしたら、野上の口からもそれをあきらかにしにくい。

これらの理由とならび、というよりさらに大きな問題は、戦前の陸軍を中心にした徹底抗戦派につながる勢力（国威復権会）が、戦後の今も政治の闇で活動し、影響力を拡大していることである。この勢力が村尾を狙撃し、野上を追い、かつて野上の腹心だった門田源一郎を殺した。

勢力の一人は言う。

「日本の敗戦という大きな事実の前に、野上氏の裏切行為がどれだけその手伝いになったか、その辺はわかりません。しかし、しかしですよ。日本の外交官たる者が、戦争中に敵国と共謀し、国籍まで消して、皇国を敗戦に導くように策動したことは、断じて許せません」。

また、言う。

「日本国民なら誰だって腹が立ちます。なにしろ、売国奴が今ごろになってこそこそと日本に舞い戻っているのですからね」。

戦争は終わった後も、関係者それぞれの事情、思惑が複雑にからみあう中、その姿を隠そうとする。『球形の荒野』は、戦争に最も深くかかわった者の戦後なお終わらない「荒野」をとおして、戦争の闇をうかびあがらせた。

敗戦から一五年後に松本清張がとらえた戦争をめぐる影の勢力は、敗戦から七〇年を超えた今、「売国奴」、「非国民」などの言葉を大々的に浮上させ、禍々しい明るさを身にまとい姿をあらわしつつある。

5 「何も知らなかった」出来事を掘りおこす

「市民の目には分らなかった」、「私は何も知らなかったのである」、「市民は新聞で何一つ報《し》らされなかった」、「このことを東京の人に訊《き》くと、全然知っていなかった」、「日本人が知らされなかった」云々《うんぬん》という言葉がならぶ。

回想的自叙伝である『半生の記』の最終章「絵具」での、GHQ占領下の時代、松本清張が住んでいた小倉で実際に体験した米軍黒人兵集団脱走事件への言葉だ。

全篇をおおう、濁った「なんともしようのない毎日」の感情の停滞につきささるように、くりかえし、くりかえし放たれるのが、最終章「絵具」での「私は何も知らなかった」をはじめとする執拗な問いかけである。見えない出来事へ、しかも幾重もの隠蔽が見えなくし、不可視化した深刻な事件へと、なんとしてもとどきたい――。

松本清張は、「知らなかったことを知る」、あるいは、「知らされなかったことを知る」というつよい欲求（「隠蔽と暴露」の方法につながる）を記すことによって、歴史に埋もれた出来事を掘りおこす『西郷札』、『記憶』（後に『火の記憶』）、『或る「小倉日記」伝』など最初期作品の出現する、松本清張ならではの文学的な「場」をあらためてとりだしてみせた、といってよい。

一九五〇年七月、小倉にある米占領軍基地、城野キャンプで黒人兵二百名ほどの集団脱走事件が発生した。同年六月にはじまった朝鮮戦争は、北朝鮮軍の圧倒的な優位のうちに推移し、多大な損害をだした韓国軍と米軍は、後退、撤退を余儀なくされていた。米軍の朝鮮派兵基地となった城野キャンプには、どこからか到着した部隊が数日後にはでていった。劣勢の最前線に投入されるのは主に黒人兵だった。

死を目前にした完全武装の黒人兵が集団で城野キャンプから脱走、おりしも祇園祭《ぎおんまつり》にわく夜の街々に放たれた。鎮圧部隊に制圧されるまで、兵士たちは集団で民家に押し入り暴力、強盗、強姦《ごうかん》、脅迫をくりかえした。

松本清張が事件を知ったのは翌朝だった。近所の人びとがひそひそ話をし、警官があたりをうろついていた。これだけの騒動でありながら、占領軍命令によって、「市民は新聞で何一つ報らされなかった」。キャンプの司令官によるあいまいな「遺憾」声明をだしたのも北九州地区の新聞だけだった。

知らない、だけではなく、知らされなかった、のである。

「この騒動のことが動機になって、私は占領時代、日本人が知らされなかった面に興味を抱くようになった」と松本清張は書く。後に占領時代の奇怪な出来事、事件をとらえたノンフィクション『日本の黒い霧』（一九六〇年〜六一年）に結実する体験となったが、松本清張はその前に「騒動」そのものを短篇『黒地の絵』（一九五八年）でえがいてみせた。集団脱走した黒人兵たちに妻を暴行された男の、惨たらしい復讐譚《ふくしゆうたん》として。

6 「戦後の戦争」小説

『黒地の絵』は、戦後の戦争小説である。

戦後に書かれた戦争小説というのではかならずしもない。戦後と名づけられ、戦争から遠ざかった平和なはずの時代にも、最初は占領軍として、一九五二年からは駐留軍として沖縄および本土に居座る米軍の世界各地での戦争はつづき、日本は派兵基地の拠点として戦争にかかわってきた。こうした戦争とのかかわりを批判的にクローズアップしたのが、「戦後の戦争」小説である。「戦後ゼロ年」(戦後はない)と語られ、米軍基地の集中する沖縄では、大城立裕《たつひろ》『カクテル・パーティー』(一九六七年)、又吉栄喜《えいき》『ジョージが射殺した猪《いのしし》』(一九七八年)、長堂英吉『海鳴り』(二〇〇一年)、目取真俊《めどるましゅん》『虹の鳥』(二〇〇六年)など、多くの戦後の戦争小説が書かれてきた。

『黒地の絵』でえがかれる世界は、朝鮮戦争がはじまって、まだ二週間ほどしか経っていない。

朝鮮半島を戦場とする刻々の戦闘が情報として紹介された後、物語のステージはただちに、緊迫する米軍派兵基地のある小倉に移る。

朝鮮戦線に送りこまれる黒人兵の部隊が城野キャンプに着いた日、小倉の街には祇園祭の太鼓が鳴り響いていた。小倉MP司令官モーガン大佐は、市当局にたいし太鼓を止めるように申し入れた。しかし、理由がはっきりしないことから市当局はこれを拒絶した。米軍ひいてはアメリカ社会の根深い黒人差別を熟知していたモーガンは、黒人兵たちが近く劣勢の最前線に送られるのを意識し、動揺し、絶望していること、太鼓の音は舞踏楽として「祖先の遠い血の陶酔」となり生の衝動をかきたてることを想像し、黒人兵たちの暴発を危惧していたのだ。事態はモーガンの危惧のとおりにすすんだ。モーガンが危惧の理由を市当局にあきらかにしなかったのは、派兵部隊については対敵のみならず自軍においても機密事項であるうえ、米軍内のあからさまな黒人差別の露顕も憚《はばか》られる……。これらに、占領軍としての普段からの情報統制が輪をかけた。

炭鉱の事務員、前野留吉は、妻と二人で家にいるところを、六人の黒人兵に襲われた。酒を飲み終えた兵士たちは、押し入れに隠れていた妻をひきずりだし、次つぎに強姦して去った。家から彷徨《さまよ》いでた留吉は、誰何《すいか》する警察官に黒人兵たちに襲われたこと、妻は無事であったと告げた。

最も深刻で惨たらしい被害、とりわけ性暴力の被害は、被害者側によっても隠される。度しがたい犯罪行為は、加害者ばかりか被害者にも隠蔽を強いるのである。戦時下の集団的な行為では、なおさらそれは隠される。

7　人びとに戦争はつづいていた

留吉を誰何した警察官たちの言葉は、物語をいっそう救いがたくする。

「祇園の晩だというのに、えらい余興がついた」、「ちょっとした反乱だな」と語りあう警察官の一人が照明弾を見て叫ぶ。

「おもしろい。やれ、やれ。やってくれ。ああ、野戦に行った時を思いだすなあ」。

完全武装の黒人兵たちは、戦争の暗黒から逃れて、祭にわく平和の街に侵入したのではなかった。米軍の城野キャンプがかつては陸軍の補給廠《ほきゅうしょう》であったように、祭を楽しむ元帝国軍人のうちにもかつて体験した侵略戦争の記憶がなまなましく残っていた。

戦争は形を変えて継続していたのである。

『黒地の絵』は、オキュパイドジャパン（占領下の日本）時代における、平和の中の戦争の継続をはっきりととらえている。こんな戦争の継続に、たった一人で挑んだ留吉の復讐——妻を黒人兵たちに強姦された復讐が、異様なものにならないわけがない。

《「ナイフ」

と、軍医は血走った目で叫んだ。下士官は狼狽《ろうばい》した。彼は砥《と》いだばかりの骨膜刀《ナイフ》の行方を捜索した。

一人の日本人労務者が、隅に屈みこんで何かしていた。下士官は背後から忍びよって、上から覗《のぞ》きこんだ。それから奇矯な叫びをあげた。人びとが声を聞きつけて寄ってきた。

前野留吉がその骨膜刀を手にもって、しゃがんでいた。腕のない、まるみのある黒人の胴体だけが彼の前に転がっていた。皮膚の黒地のカンバスには赤い線が描かれている。彼の見つめた目には、翼をひろげた一羽の鷲《わし》が三つに切り離され、裸女の下部は斜めにさかれて幻のようにうつっていた。が、彼の後ろにあつまってきた人間には、彼のその尋常でない目つきがすぐにわかるはずがなかった。

留吉は後ろの騒ぎも聞えぬげにふり返りもしなかった。》（『黒地の絵』）

妻を犯した兵士の死体にえがく惨たらしい「黒地の絵」だけが、留吉の狂気の、たったひとつの解放となったのである。

8　北九州要塞地帯のアマチュア・カメラマンの名残り

松本清張がカメラを愛したことはよく知られている。取材旅行時の写真には、まるで猟犬のような眼差《まなざ》しで、カメラを持ち歩く松本清張がいる。

毎回斬新なテーマを深く掘りさげてしめしてくれる松本清張記念館の特別企画展、図録『いつもカメラを携えて――松本清張が愛したカメラとその時代』（二〇一二年）では冒頭、松本清張とカメラの関係について以下のように記されている。

「カメラほど、松本清張を象徴する小道具はないだろう。／清張が写真を撮り始めた出発点には、二点ほど理由が考えられる。一つは、『絵』を描くのが得意だったこと、それから『旅』が好きだったことだ。また、『デザイン』や『報道』など、彼にとって仕事と直接関係のある身近な世界で発展してきたものでもあった」。

だとすれば、カメラは、松本清張という人物および物語世界の形成に大きな役割をはたしたメディアといってよいだろう。

図録にはまた、松本清張じしんの興味深い言葉がそのまま再録されている。

《「写真歴」だけは古いほうに属すると思う。昭和十三、四年ごろから撮っている。秋山庄太郎、林忠彦君なんかよりも「先輩」だろう。パーレット、セミパール、セミファーストなどといういまの若いカメラマンが名も知らないようなカメラで育った。栗原写真機（筆者注：栗林写真機製作所）のセミファーストは蛇腹がくたびれて孔があくまで使った。レンズはコッカで焦点が甘かった。当時はサロン写真が主流だったからであろう。

いまのようにリアリズムとは違う。友人がセミプリンスを持っていて、コッカとイスコーとレンズの優劣を論じあったものである。戦前、私の住んでいた北九州は要塞地帯で、憲兵隊や警察にかくれて風景を撮影しなければならなかった。私の画面に「甘さ」が漂うのはセミファーストの名残りであり、「暗さ」が支配するのは官憲の眼を犯罪者のようにのがれてこっそりとシャッターを切っていたいじましさからきているのであろう。》

（『週刊文春』一九八二年一一月四日号）

松本清張の画面の「甘さ」と「暗さ」は、さまざまなことを隠す戦争にかかわっていた。そしてこの制約は、もちろん、写真に限られるわけでない。松本清張は戦争を意識しつづけたが、また、戦争も松本清張を制約しつづけたのである。そんな松本清張の読者であるわたしたちもまた、戦争に制約されつづけている、といわねばなるまい。

戦争は隠す。

始まる以前から、その最中はもちろん、終わってからも、戦争は隠しつづける。隠しつづけて、人びとの戦争への態度をゆがめ、戦争批判を許さず、そして人びとを次の戦争に送りこむ。

戦争こそ、国家的社会的「隠蔽」の最大級の装置そのものなのである。

第二章　明るい戦後

『ゼロの焦点』、『砂の器』、『顔』

1　暗さと明るさとが交叉《こうさ》する

板根禎子《ていこ》は、見合いの席で初めて、鵜原憲一を見た。

禎子は二十六歳で、相手の憲一は三十六歳だった。

憲一は一流広告代理店の北陸地方の出張所主任として金沢で働いている。結婚を機に東京にもどりたいという。

《はじめて見る鵜原憲一は、あまり潑剌とは言いがたかった。落ちついているというよりも、沈重な感じがした。だが、それだけともいえない、まるでそれを裏切るような明るさが、彼の表情に、ときどき、はっとするくらいに浮かび出るのだった。禎子は鵜原憲一の複雑さをなんとなく直感した。》（『ゼロの焦点』）

代表作の一つ『ゼロの焦点』（一九五九年）では、物語の始まりから、禎子の感じる小さな疑問、ささやかな違和感に、暗さと明るさとが交叉する。

憲一の沈重さと明るい表情、あったかもしれぬ女性関係の過去と、そこからすっぱり切りはなされたかのごとき現在、「暗いような感じがして重苦しい」金沢の街と東京、華やかな結婚式、北陸よりは「もっと花やかなところ」にという憲一の新婚旅行への願望、そして渋谷の新しいアパートからみわたせる東京の夜景……。

明るさに暗さがはいりこみ、暗さをおしのけるように明るさがあらわれる。

物語で出来事の追跡者の役をになう禎子は、こんな複雑さを厭い、遠ざけるのではない。むしろその複雑さをまるごと、いいかえれば複雑さの全体を禎子は受けいれようとする。

憲一はもとより、次つぎに登場する人びとを受けいれ、それぞれの過去と現在、暗い戦後と明るい戦後を受けいれる。

それればかりではない。

明るい戦後が暗い戦後を隠し、消し去ろうとすること、明るい戦後が暗い戦後をまるでなかったかのようにあつかい、そこでの人と社会の苦悩を無視するこの時代の総体を、禎子はわがことのようにひきうけ、必死で抗おうとするのだ。

『ゼロの焦点』はもともと「虚線」というタイトルで連載がはじまった。連載誌の廃刊により中断、新たな連載誌で「零の焦点」（後に「ゼロの焦点」）となった。

「虚線」とは「点線」のこと（『大辞林』第三版）だとすれば、別べつにも見える一つひとつの出来事、一人ひとりの人物（点）が、見ようによればひとつながり（虚線、線）となるイメージがあらわれる。こう考えれば、「虚線」連載の始まりと、その連載の終わりがかさなった『点と線』とは、ほぼ同じイメージといってよい。

「ゼロの焦点」にしても、「焦点」を「問題の中心点」（『広辞苑』第六版）すなわち犯人だとすれば、中心点がゼロとなることで、一つの犯行の背後に問題の漠とした大きなひろがりがうかびあがるだろう。

「虚線」にせよ「ゼロの焦点」にせよ、社会派ミステリーでの最初の長篇『点と線』とならび、一見個々別々で無関係としか思えないエピソードが意想外のむすびつきをするというミステリーの定石をふまえつつ、個々の出来事、それにかかわる個々人のありようを自己完結させずに関係づけ、あくまでも社会のひろがりの中におきなおそうとする、松本清張「社会派ミステリー」の最も早い時期における自己イメージのように、わたしには思える。

松本清張作品の魅力であり、ともすれば茫漠《ぼうばく》とした印象を読者にもたらす抽象的なタイトルすなわち、この『ゼロの焦点』をはじめとして、『波の塔』（一九六〇年）、『砂の器』（一九六一年）、『霧の旗』（一九六一年）、『球形の荒野』（一九六二年）、『水の炎』（一九六三年）、『彩霧』（一九六四年）などのほとんどは、松本清張じしん語るとおり、一躍流行作家となり、次つぎに連載依頼がまいこむ事態への苦肉の策からうまれた（講演「小説と取材」一九七一年）。いまだ筋ができていない段階で、紙誌にだす連載予告のための抽象的なタイトル決定は、たしかに苦肉の策とはいえ、物語の全体像を作者じしんに問いかけ、考えさせる絶好の機会となったにちがいない。物語の核心をずばりとしめす『西郷札』や『顔』、『張込み』や『黒地の絵』といった初期短篇のタイトルとならび、松本清張ならではの魅力的なタイトルだとわたしは思う。

2　二つの夢の写真

物語をたどろう。

勤務替えの辞令がでて東京の本店詰めとなった憲一は、仕事の引継ぎや整理のため一週間ほどの予定で金沢に出発した。混雑する夜の上野駅で憲一は、来年の夏の休暇に禎子を金沢に連れてゆくと約束し、列車の中から手を振った。

それが、禎子が見た、夫の憲一の最後の姿となった。

結婚式からまだ二週間ほどしか経っていない。不在は、たちまち、禎子の中の憲一を未知の人物とした。実際、憲一の過去についてはほとんど無知だった。

憲一の本にはさまれていた二枚の写真で印象はつよまる。二枚とも家だけがうつってい て、「一枚の家は立派であり、一枚の家はそれにくらべると、見すぼらしい民家であった」。ここにもまた、明るさと暗さ、現在と過去とが併存し、前者が後者を圧迫している。

約束の日を過ぎても憲一は帰らない。会社は失踪を疑った。禎子は金沢へ向かう。金沢では、後任の本多良雄から、憲一の下宿がどこかわからないと聞く。憲一に誰かと比較されている感じをくりかえしもっていた禎子は、憲一に女がいると確信した。

憲一をひいきにしてくれていた会社社長室田儀作と話をした後、夫人の佐知子に面会するために自宅へ向かう。室田は出張先の東京で佐知子と出会い、愛人関係ののち妻にした。佐知子は明るく社交型の人物で、さまざまな文化活動をしている地方名士だった。

室田の自宅を見て禎子は驚く。それは、二枚の写真の「立派な家」であった。

「室田家のきれいな家が、夫の将来の夢の参考にうつされたというなら、あのみすぼらしい農家はどのような夢のために撮影されたのであろう」。

能登半島高浜町《たかはまちょう》赤住の海岸で身元不詳の自殺死体が発見される。別人だった。しかし、同じ場所で他の自殺者があり、引き取りがあったと聞く。赤住の断崖に立つ禎子には、この暗い海の中に憲一の死があると思えてならない。

母からの連絡で憲一が戦後の一時期、警視庁巡査となり立川署に配属されていたことを知った禎子は、立川署で昔の同僚葉山警部補から、憲一は風紀係として米兵相手の「パンパン」（街娼）の取締りもしていたと聞く。

禎子の脳裏に、憲一失踪にかかわる女の暗い影があらわれる頃、事態は急展開する。金沢にきてひそかに憲一の行方を追っていた義兄が服装の派手な女に毒殺され、室田の会社の受付で独特な英語をあやつり、内縁の夫曽根益三郎を失ったばかりの田辺久子を疑う本多も、逃げる久子を追った東京で毒殺される。

自殺した益三郎と久子が住んでいた家にたどりついた禎子は、眼を疑った。もう一枚の写真の「見すぼらしい民家」がそこにはあった。近所の人の話から、自殺した益三郎が憲一であるのを確信した。

禎子は推測する。占領時代、基地の街立川で、米兵相手の街娼と取締りの警官であった久子と憲一は、金沢で偶然に再会し、同棲をはじめた。しかし憲一は東京で禎子との結婚を選び、久子との関係を解消しようと悩んだ末に自殺してしまう。憲一の行方を追ってあらわれた義兄を久子は殺し、さらに本多も殺した。

とはいえ、久子に暗い前身があり、それを隠そうとしたとしても、二人の殺人にまでおよぶだろうか。久子にはもう守るものはなかったはずだ。疑問に思う禎子に、ラジオニュースは久子の変死体が発見されたと告げた。

3　犯人はわたしだったかもしれない

久子の過去を確認するため新聞に載った写真を持ち、ふたたび立川署の葉山に面会した禎子は、直前に室田が同じ写真を持って訪ねてきたのを知る。今度は室田を事件の中心におく禎子だったが、挨拶に行った義兄の家でテレビの座談会「終戦直後の婦人の思い出」を見るうちに、考えが変わった。

座談会では、米兵相手の街娼が話題となり、当時の女性たちに転落という意識は薄かった、自信喪失の日本男性にくらべ親切なアメリカ兵は女性の憧憬《しょうけい》だったなどと指摘されたのち、「まあ、当時の日本は、敗戦直後で、全体が悪夢のような時代ですから、その人たちにとっては気の毒なことです。でも、自分の努力で、あとの生活がつくられていたら、その幸福を、そっと守ってあげたい気がします」とまで語られた。

禎子には室田佐知子がはっきり見えている。

室田に仕事で信用を得た憲一は、妻の佐知子を知る。佐知子は久子と同じく、占領時代の立川で米兵相手の街娼をしており、その頃憲一と出会っていた。憲一は佐知子の今を祝福しこそすれ、けっして他人に佐知子の過去を告げる気持ちはなかったろう。

しかし佐知子は、東京から遠く離れたこの古都で、ようやく手にした栄誉と幸福とを失いたくなかった。不安だった。やがてその不安は恐怖へ、殺意へと変わった。久子との別れに悩む憲一に「自殺」を提案し、遺書まで書かせて、断崖から突き落としたのは佐知子だった。義兄殺しも、本多殺しも、久子殺しも佐知子だった。

金沢へ、和倉温泉へ、そしてあのたかい断崖へ。

佐知子と室田のあとを追う禎子を激しくゆさぶり、つきうごかすのは、じつは、佐知子への怒りでも憎悪でもなかった。佐知子に会いたい、会ってすべてを佐知子の口から聞きたい。なんとしても室田夫妻の破局をとめたい、という思いだった。

《佐知子夫人の気持を察すると、禎子は、かぎりない同情が起こるのである。夫人が、自分の名誉を防衛して殺人を犯したとしても、誰が彼女のその動機を憎みきることができるであろう。もし、その立場になっていたら、禎子自身にも、佐知子夫人となる可能性がないとはいえないのである。

いわば、これは、敗戦によって日本の女性が受けた被害が、十三年たった今日、少しもその傷痕《きずあと》が消えず、ふと、ある衝撃をうけて、ふたたび、その古い疵《きず》から、いまわしい血が新しく噴《ふ》きだしたとは言えないだろうか。》　（『ゼロの焦点』）

栄誉と幸福につつまれた明るい現在を失いたくない佐知子は、憲一の姿で突如あらわれた過去、今となってはおそろしく派手な服を身にまとう「パンパン」と蔑まれるだけの、暗い過去を消し去ろうとした。必死で隠蔽しようとした。明るい戦後が、暗い悪夢のような戦後をなかったことにして切りはなし、隠し、見えないものにするように。そんな明るい時代の暗い力を、佐知子は連続する殺人としてあらわにした。そうだとしたら――。

犯人はわたしだったかもしれない。佐知子と会うことは隠されたわたしと対面することではあるまいか。明るい戦後が暗い戦後を隠してしまうことに眼を向け、隠蔽や切断ではなく、今もつづく問題との直面とその変更こそが必要ではないか。

禎子の思いは、この事件を、佐知子の犯罪から社会の犯罪へと移動させようというのではない。個人から社会へと責任を転嫁すると非難される見方ではない。逆である。個人の行いを社会の行いと考えることで、社会を生きるすべての人びとの行いととらえること。無責任とは逆の責任の共有、あるいは責任への参加といいかえてもよい。松本清張の「社会派」が、こうした同時代、同じ社会を生きる者たちの責任の共有へのうながしであるのを、禎子の思いはよくあらわしている。

室田と禎子が見守る佐知子の小舟は、小さな黒い点となり、やがて見えなくなるだろう。ゼロと化す焦点（問題の中心点）のイメージである。

しかし、その焦点は、ゼロになった瞬間、禎子の内部に、室田の内部に、そしてわたしたち読者の内部に、問題の無数の萌芽《ほうが》として出現する。一人の焦点が消えて無数の人びとの焦点があらわれる。

4 「砂の器」のごとき脆弱《ぜいじゃく》な最先端文化

松本清張の社会派ミステリーの代名詞となっている『砂の器』でもまた、明るく輝かしい現在が、暗く惨憺《さんたん》たる過去を隠そうとして、惨たらしい事件を連鎖させる。

蒲田駅近くのトリスバーでの、三十歳ぐらいと五十年輩の二人の男の「カメダは今も相変わらずでしょうね」、「いんや、相変わらず……。だが、君に会えて……こんな嬉スいことはない……大いに吹聴する……みんなどんなに……」といった謎めいた会話は、たちまち老いたほうの男の惨殺死体へといたる。

人名か地名かもわからぬ「カメダ」と、「東北弁」らしさの誤った情報がむすびつき、物語は真相から大きく逸《そ》れてゆく。それを警視庁捜査一課の老練な刑事、今西栄太郎が、前進が後退につながり、と同時に後退が前進をふくむといった、ねばりづよく地道な捜査によって糺《ただ》し、ついに犯人の前衛作曲家和賀英良《えいりょう》をうかびあがらせる。

和賀の暗い少年時代を知るがゆえに、驚嘆すべき現在の成功を祝福するため遠方から訪ねてきた元巡査の三木健一を、和賀は惨殺したのだ。みなに「大いに吹聴する」という三木にとってはせいいっぱいの祝福の言葉は、和賀には不吉で許しがたい暴露の言葉だった。

三木の訪問は和賀にとって、作っても、作っても、ひと波くれば跡形もなく崩れてしまう「砂の器」のような現在を思い知らせたにちがいない。

『砂の器』の和賀英良は、『ゼロの焦点』の室田佐知子と同じ位置にある。ただし、地方の文化的な名士よりはるかに華やかな存在である。銀座のクラブのママは言う。「先生は、日本じゅうの仕合わせを一人で背負ってらっしゃるみたいですわ。お仕事はご立派で、若い方のチャンピオンだし、立派な方とのご結婚も決まっていらっしゃるし、ほんとに、お羨《うらやま》しいわ」。和賀は政界の実力者田所重喜の娘佐知子と婚約していた。

それだけではない。あらゆる既成の権威を否定し新たな未来を志向する若い文化人の集まり「ヌーボー・グループ」の面々が、和賀をにぎやかに囲む。評論家関川重雄をはじめ、小説家、詩人、ジャーナリスト、劇作家、演出家、建築家など、他の権威は否定するが自分の権威は守り、そのためには変節も厭わぬ、絵にかいたような俗物たちだ。

執拗をきわめる非難と揶揄と嘲笑の描写は、少年時代早くも、欧米の新たな文化潮流摂取を前提としたあるべき「未来」の構想が悪《あ》しき文化的制度性にもとづくのに気づき、作家となってからも変わることなく、その脆弱な制度性を外からながめつづけてきた松本清張らしい。

松本清張にとっては、時代の先端をゆく「文化」もまた「砂の器」だったにちがいない。

5　いったい、どの道を歩いていったのだろうか

室田佐知子以上に「明るい戦後」を享受するばかりか、その明るさの先端にいることを

自負する和賀にとって、暗い過去の唐突な出現は眼もくらむような墜落を意識させた。しかも、室田佐知子の暗い過去は敗戦直後の一時期だったが、和賀のそれ（父親がハンセン病患者であったこと）は戦前、戦中、そして戦後の混乱期にまでおよぶものだった。

三木殺しからはじまり、劇団員の女の自殺、不可思議ないくつもの死におよぶ一連の出来事の中心に、和賀の黒い影を認めた今西刑事の脳裏には、一人の男の子が歩いている。

《今西栄太郎は、長いこと考えこんだ。

彼の目には、初夏の亀嵩《かめだけ》街道が映っている。

ある暑い日、この街道を親子連れの遍路《へんろ》乞食があるいてきた。父親は全身に膿《うみ》を出していた。

この不幸な親子を見かけた三木駐在巡査は本人に説いて、岡山県の慈光園に入院の手続きを取った。連れていた男の子は七歳であった。

三木巡査はその子を保護していた。だが、父親とともに放浪生活をしていたその子は、巡査の世話になじめなかった。ある日、彼は、突然脱走した。

七つの子は、垢《あか》と埃《ほこり》にまみれながら、中国山脈の脊梁《せきりよう》を南に越えた。（中略）

その男の子はどの道を歩いていったのだろうか。》

（『砂の器』）

当時、ハンセン病は治癒不可能な「業病」であるという考え方が根強く残っており、周囲の偏見や差別にさらされつづけてきた。満州事変により一五年戦争がはじまる一九三一年には「癩《らい》予防法」が成立、全患者の絶対隔離政策が、地域を競いあわせる残酷な「無癩県運動」としてもおしすすめられていた（藤野豊『戦争とハンセン病』二〇一〇年、荒井裕樹『隔離の文学――ハンセン病療養所の自己表現史』二〇一一年）。放浪する病者本浦千代吉を説いて岡山の療養所に入院させた三木巡査の「善意」にも、病者に過酷なこうした時代背景が色濃く反映していたにちがいない。そして――父に連れられてここまできた男の子、本浦秀夫は、七つの歳にたったひとりの道を歩きはじめるのである。

その「道」すなわち社会の偏見と差別によって隠すことを余儀なくされた暗い「道」は、脊梁を越えたのちも長く、長くつづいた。

大阪で暮らし、空襲で戸籍や在学記録が消失したのを利用して偽の経歴を作りあげたのがその「道」であるなら、東京にでて音楽的才能を開花させたのもその「道」であり、「道」は著名な前衛作曲家になった今もつづいている。

空港で逮捕状を和賀に見せた今西は、「和賀の片側にぴたりと寄り添った。一言ものを言わなかった。表情も変わらないが、目だけがうるんでいた」。

『ゼロの焦点』の禎子が佐知子によせたのと同じ思いが、今西にはある。

明るい戦後が、表面的には暗い過去を遠ざけたようにふるまいながら、なお、偏見や差別にさらされる人びとの暗い「道」を隠しもっていることを、今西をとおしてわたしたち読者も感じないわけにはいかない。

ハンセン病文学研究の荒井裕樹によれば、『砂の器』執筆時にはすでに、ハンセン病の科学的治療法が確立し、患者たちの境遇改善をめざした活動もはじまっていた（「文学にみる障害者像　松本清張著『砂の器』とハンセン病」二〇〇四年）。世間における過去の「業病」イメージはじつに残酷なものであり、それは執筆当時にも消滅したわけではなかったにせよ、むしろそれだけにかえってハンセン病をめぐる、希望が見えはじめた当時の状況になんらかの形でふれる必要が松本清張にはあったろう。

6　変わらない横顔

栄光の頂点で暗い過去が突如よみがえる。

暗い過去は消えず、明るい現在に伏在していたといえば、初期短篇の『顔』がすでにそうだった。

『顔』は一九五六年に発表され、『張込み』、『市長死す』といった作品とともに短篇集『顔』（一九五六年）に収められた。短篇集『顔』は、一九五七年、第十回日本探偵作家クラブ賞を受賞し、松本清張を推理小説作家としておしあげた。

劇団にはいって八年目の役者、井野良吉はある日の日記にこう記した。

「ぼくは幸運と破滅に近づいて行っているようだ。ぼくの場合は、大へんな仕合せが、絶望の上に揺れている」、「ぼくは、のし上った途端につづく破滅を今から幻想している」。

映画『春雪』にちょい役で出演した井野は、「ニヒルな感じのする風丰《ふうぼう》」が好評で、次は重要な役で『赤い森林』に出演がきまっていた。今度こそ、「あの男」、石岡貞三郎がぼくを見るだろう、井野はそれをおそれていた。井野は毎年、「興信所」に石岡のことを調べさせていた。

かつて八幡に住んでいた井野は、酒場の女給山田ミヤ子と関係をもつが、すぐに後悔した。妊娠したと迫るミヤ子から逃れようと、島根の温泉に連れだし殺した。しかし、汽車でミヤ子は酒場の客に声をかけられていた。男は隣に座る井野を見たはずだった。一九四七年六月のことだった。翌月、かねて念願の東京にきた井野は、毎日、北九州と島根の地方新聞を買った。しばらくして女の死体発見の記事が島根の新聞にでた。一カ月後、北九州の新聞に、女がミヤ子であること、汽車で男と一緒だったのを見たという者の話が載った。それが石岡だった。井野は、自分の顔を記憶したはずの石岡のことを掌握し安心するために、毎年、調査をさせていたのである。

『赤い森林』で石岡が井野を発見する前に、殺そうと計画。京都に誘いだした石岡に、偶然、料理屋で向きあうことになるが——石岡は井野の顔を覚えていなかった。破滅は去った。

『赤い森林』は大好評で、井野には次つぎと映画出演の話がまいこんだ。

ある日、石岡は『赤い森林』を観《み》た。井野良吉という名前も顔もよく知らない役者が、いい役をしている。映画の中で心に傷を受けて山をくだる井野が、汽車で窓の方を向き暗鬱な横顔を見せたとき、石岡は気づく、井野がミヤ子と一緒にいた男であることを。

7　時代そのものの巨大犯罪

敗戦から間もない混乱期、自分だけの明るい未来のために女を殺す男は、日記に「窓の方を向いて知らぬ顔をして煙草をくわえていた」と記していた。映画『赤い森林』の中の男の暗い横顔こそそのときの顔だった。

殺人者の暗鬱な顔は、念願の新劇にでるようになっても変わらず、むしろ「ニヒルな感じのする風丰《ふうぼう》」が売り物となり、映画への進出をはたす。『赤い森林』のある場面でさらにそんな顔が強調され、とうとう破滅がひきよせられてしまうのである。

井野の犯罪は、明るい戦後が以前の暗い戦後を断ち切り、忘れ去ろうとしたことにつながっていた。明るい戦後が暗い過去を消し去ったようにみえて、井野に暗い過去はずっとつづいていたのである。それが井野の中にある暗い良心のあらわれであるかもしれない。

時代の転換点では、到来する時代がそれ以前の時代をトータルに隠すことがある。歓迎すべき明るい時代であればあるだけ、かえって過去を遠ざけ、なかったことにしようとする。明るい戦後が暗い戦後を抹殺する。

こうしてみれば、松本清張はまず、一九五〇年代の「明るい戦後」が暗い過去を抹殺しようとする、時代そのものの巨大犯罪に呼びだされた作家といえよう。

第三章　政界、官界、経済界

『点と線』、『けものみち』、『黒革の手帖』

1　汚職は利益者のみで成立する

汚職事件の報道を見聞きしない日はない。ローカル局、地方新聞の話題の多くを地元の汚職事件が占める、といってもけっして過言ではない。

それにたいし、中央の政界、官界、経済界をつなぐ汚職は、当初大きくとりあげられ、騒がれながら、いつのまにかうやむやになってしまう。

そんなあいまいな結末を、露顕当初から予期していたかのように、わたしたちの多くが受けいれてしまう。

が、汚職がなかったとはまったく思っていない。たまたま暴露されかかった汚職には、それまで以上の隠蔽が施されたにちがいない、とわたしたちは確信する。そこには警察、検察、さらには時の政権の隠蔽の意志がつよく働いていると感じつつ。「構造汚職」、「汚職列島」など、数十年指摘されつづけてきた言葉もうかぶ。

まさしく、「公然の秘密」、「公然の隠蔽」状態である。

松本清張の社会派ミステリーには、政界、官界、経済界を複雑かつ隠微にむすびつける汚職事件が頻出する。

社会派ミステリーでの最初の長篇作品『点と線』(一九五八年)では、課長補佐の心中事件の背景に某省での汚職事件をおいている。『点と線』は大ベストセラーとなり、この作品によって読者は、役人と聞けばまず汚職を思いうかべ、下僚は死んで高級官吏は高笑いといったグロテスクなイメージまでももつようになった、といってよい。

ただし、『点と線』では、役人の汚職事件は背景にとどまり、物語の眼目は、小役人の心中事件を仕組んだ男の、いわば鉄壁のアリバイをどう突き崩してゆくかにあった。物語中、汚職の実態、構造については、かならずしも明確にされているわけではない。かえってそのあいまいさ、とらえにくさが、物語の内部はもちろん物語の外部へも、汚職の暗がりをひろげる効果をもったにせよ。

松本清張は『点と線』の刊行とほぼ同時期に、短篇『ある小官僚の抹殺』を発表している。警視庁捜査二課長への、名前を名のらぬ、かれた声での密告の電話からはじまる物語は、ここぞとばかり、汚職の成りたちと密室性について語る。

「汚職事件には直接の被害者がない。金品を贈った方も、もらった方も利益の享受者である。公式めく云い方をすれば、被害者は国家であり、国民大衆である。しかし、これは茫漠として個人的には被害感を与えない。／個人は被害感を実得しないかぎり、告訴はしないものだ。汚職事件は個人的には被害者が不在で、利益者のみで成立している」。

いわば、闇世界でのウィン・ウィンの関係、である。

「利益者たちは、相互の安全を擁護するために秘密を保持している。相手の露見はおのれにつながっているから、これほど堅固な同盟はない。小心だが、官僚の欲望と、業者の老《ろう》獪《かい》とが、秘密保持の方法を極限にまで高めている。二重も三重もの防塞の中のこの秘密を、どのようにして捜査官が探知するのか、人は見当もつかない」。

汚職という外には知られてならない秘密を、当事者たちは幾重にも隠蔽する。個人ではなくいくつもの組織をあげての隠蔽である。全貌の暴露はほとんど不可能に近い。そんな不可能を可能にするのは、多くの場合、汚職にかかわる者からの密告による、という。

2 「小から大への法則」にしたがう

それにしても、利益の享受者だけの汚職にもかかわらず、内部から、しかも正確なデータを通告する密告者、暴露者がでるのはなぜか。

利益者が最後まで利益者である保証はなく、かかわる者が複数の場合、途中から損失者または被害者になってしまうことがある。要するに、仲間割れであり、利益をめぐる熾烈《しれつ》な争奪戦が起きて、利益者と損失者にわかれる。損失者はその憤りから、出し抜いた利益者を破壊しようと、みずからにも害がふりかかるかもしれない告発におよぶのである。

捜査当局の対応についても語られている。

贈賄側の業者が大手筋である場合は工作が巧みでなかなか尻尾をださない。小さな業者なら工作が拙劣なので手をつけやすく、そこから大手筋の汚職にとどくかもしれない。「小から大への法則」である。また、業者、政治家のあいだに役人が介在する場合も「小から大への法則」にしたがって、局長や部長ら高級官僚からではなく、まず実務者である下僚に口を割らせて、上部へといたる、という。

『ある小官僚の抹殺』の疑獄事件もそうだった。

原糖はほとんどが輸入品であることから、砂糖製造業者への割り当ての権限を握る××省と、砂糖業界、政界の闇のむすびつきが常態化。歴代の内閣の重要な資金源になっていた。密告者は当局に、群小企業の集団が、原糖の割り当てに手心を加えてもらうため、××省前局長で現代議士岡村亮三他数名に贈賄したと内報した。

贈賄側が小さな団体であることから追及可能とふんだ当局は、勇んでこの汚職の捜査にのりだした。「小から大への法則」にしたがい、役人の側もまずは関係する課の係長を呼んだ。次に課長を調べようとした矢先、当の課長が出張の帰りに立ち寄った熱海で自殺してしまう。この自殺で端緒を失った捜査はたちまち暗礁にのりあげてしまった。

数年後、課長の自殺に疑問をもった「私」は、これまで多くの疑獄事件で自殺した下僚は上役たちによる「精神的な他殺」だとしても、このケースは自殺現場に怪しい人物がいたことから、自殺でも「精神的な他殺」でもなく、事件に深くかかわったフィクサーによる口封じのための巧妙な「抹殺」ではなかったか、と考える。が、自殺として処理されてしまい証拠はいっさいないのだ。『ある小官僚の抹殺』というタイトルは、ここからくる。

下僚の切り捨て、「抹殺」によって、政界、官界、経済界の汚職同盟はますます結束を固め、フィクサーは今後、これまで以上の力を獲得するだろう……。汚職行為は、露顕の危機を逆発条《ばね》にして、いっそう巧妙に、さらにその密室化、高度化をすすめるのだ。

3　ノンフィクションとフィクションとの境界で

『ある小官僚の抹殺』は、『黒地の絵』、『日光中宮祠《ちゆうぐうし》事件』、『額と歯』と一緒に単行本『黒地の絵』（一九五八年）に収録された。

「あとがき」で松本清張は書いている。

「この集に収めた四編は、事実にもとづいて書いた作品である。小説を書くとき、一つの事実から帰納して、ある現象を造形することは多いが、ときには、事実からはなれられないで、それに即して書くことがある。作者が頭脳でつくりあげるよりも、素材そのものに、なまなましい現実感があって、その迫真力にはフィクションの方が追っつかないからである。／〝事実小説〟とかいう呼び名は以前にあったし、今では〝ニューズ・ストーリイ〟という名もある。私はきらいだが、しかし、この種のものは、もう少し内容的な重量感と文学的な書き方があるような気がする。この四編はそんなこともぼんやり思いながら書いた」。

この言葉からも知れるように、これらは、松本清張ノンフィクションの始まり近くに位置する作品といってよい。『黒地の絵』はオキュパイドジャパン時代の社会的な謎に迫る『小説帝銀事件』(一九五九年)、『日本の黒い霧』(一九六〇年~六一年)などへ、また、『ある小官僚の抹殺』はやがて、戦後の「新権力論」としての『現代官僚論』一~三(一九六三年、六四年、六六年)などへと結実する。

とはいえ、『ある小官僚の抹殺』は、同時期に、さらに「内容的な重量感と文学的な書き方」をかねそなえた長篇『点と線』ともなった。これは二作の、ストレートなタイトルと、ふくみをもたせた抽象的なタイトルとのちがいからもわかる。

『ある小官僚の抹殺』は汚職についてさまざまなことを読者に教えてくれる。『点と線』は汚職について教えてくれる以上に、ある汚職事件をとおして読者に、たえず疑問をもつこと、深く考えること、執拗に人と社会の真相を追究することを「事実小説」など以上に、うながしてやまぬフィクションとなっている。近代文学研究の藤井淑禎《ひでただ》は『清張ミステリーと昭和三十年代』(一九九九年)で、二作を「一つの大きな物語」として読むことを勧める。この模索は、松本清張にとってともに必要な試みだったにちがいない。

『点と線』のストーリーをたどろう。

目下汚職事件として摘発の進む某省の課長補佐、佐山憲一が福岡の香椎潟《かしいがた》で心中しているのが発見された。相手は、東京赤坂の割烹《かっぽう》料亭「小雪」の女中お時である。佐山とお時は、ちょうど一週間前、東京駅の十五番線プラットフォームでならんで歩いているのを、同僚の二人の女に十三番線プラットフォームから目撃されていた。女たちを東京駅に導くのは、店でよく役人の接待をしていた会社経営者、安田辰郎だった。

青酸カリによる情死という処理に、福岡署の刑事鳥飼重太郎は納得がいかなかった。不審点があれば一つひとつ歩いてたしかめずにはおれぬ老練の鳥飼は、佐山が持っていた列車内の食堂の受取証に「御一人様」とあるのに疑問をいだき、事件として調べはじめる。

4　引かれた線を引きなおす

東京から警視庁捜査二課の警部補で若い三原紀一がきた。捜査一課が殺人や強盗といった強行犯をあつかうのにたいし、捜査二課は、贈収賄や選挙違反、企業犯罪などの知能犯を捜査対象とする。三原にとって佐山は捜査中の汚職事件の鍵をにぎる人物だった。情死を疑う鳥飼の考えに関心をもつ。

東京駅で同僚が別のホームから二人を見たという「見通し」に疑問をもった三原は、そのホームから佐山たちが歩いていたとされるホームを見通せる時間が一日に四分間しかないことを駅の助役から聞き、同僚の女たちを駅に連れていった安田に「作為」を感じた。が、安田は三原に、福岡で佐山とお時が死んだ時間には北海道に出張していたと言う。鎌倉で独り病気療養中の安田の妻の亮子は、ある雑誌に書いた随筆「数字のある風景」で、時刻表趣味を記していた。この時刻に、各線のどの駅で汽車がすれ違っているか、が亮子には眼にうかぶのだという。

こうして、安田（と亮子）の巧妙なトリックと鉄壁のアリバイへの、三原（と鳥飼）の挑戦がはじまる。すなわち、たえず疑問をもつこと、深く考えること、執拗に人と社会の真相を追究することである。やがて安田の周囲に、某省の部長など、疑獄にかかわる者たちも見え隠れしはじめ、しだいに真相があきらかとなる。

三原（と鳥飼）の執拗な追究がそのまま読者の追究になるのは、いうまでもない。

エッセイ「推理小説の発想」（江戸川乱歩・松本清張共編『推理小説作法――あなたもきっと書きたくなる』一九五九年）で、松本清張は書いている。

「『点と線』という題をつけたのは、人間というものは、なにか一つの点のようなものではないか。この点と点を結びつけている線が、あるいは親友であり、恋人であり、先輩後輩の関係である。しかしこの線は、あるいは、他人が見てそういう線を設定して引いているのではないか、じっさいはそうではないが、あたかもそうであるように、他人が勝手な線を引いている、という関係もあり得ると思うのです」。

佐山とお時の情死は、安田と亮子の引いた線である。しかも、その線は、情死とあれば事件性を認めず捜査をしない警察の常識という線をふまえていた。その容易にはうごかしがたい常識の線を三原（と鳥飼）は、佐山とお時は現場で、亮子と安田によって別々に殺されたあと一緒にならべられたという、意表をつく他殺の線へと引きなおす。

ミステリーでおなじみのトリックの暴露、アリバイ崩しともに、犯人が引いた線に疑問をもった追跡者が、新たに線を大胆に引きなおす。犯人の企てが社会の常識をふまえた線引きであるとき、それへの挑戦は犯人と社会との連合へのたたかいともなる。『点と線』というタイトルには、すでに、松本清張の社会派ミステリーの核心がしめされていたのである。

5　日常の隣の不思議な「みち」

知っているはずの「獣道」も、「けものみち」とすべてひらがなで記されると、なにやら怪しいもの、不可解なものに思えてくる。「けものみち」とは、「カモシカやイノシシなどの通行で山中につけられた小径《こみち》のことをいう。山を歩く者が道と錯覚することがある」とエピグラフに記されている。

『けものみち』（一九六四年）は、タイトルのとおり、主婦成沢民子が、道のようで道ではない、道ではないが道のような、日常に隣りあわせた不思議な「みち」に踏みこみ、政治と権力の闇に跳梁《ちょうりょう》する人びとに出会い、破滅するクライムノベル（犯罪小説）である。

近年のテレビドラマでは二〇〇六年、米倉涼子が、けものみちに深く迷いこめば迷いこむほど、生きいきとして黒いかがやきをはなちはじめる民子をみごとに演じ、物語を現代に再生させた。米倉涼子は、『黒革の手帖』（二〇〇四年）、『わるいやつら』（二〇〇七年）、『熱い空気』（二〇一二年）、『強き蟻』（二〇一四年）、『かげろう絵図』（二〇一六年）と、松本清張きわめつきの、禍々しくも黒くかがやく女たちを次つぎに演じ、「黒の作家」松本清張の世界を現代に、あでやかな不吉さでよみがえらせている。『黒革の手帖』の主演としては没後二五年の二〇一七年に史上最年少となる武井咲《えみ》があらわれたものの、松本清張世界における米倉涼子の優位性はしばらくゆるぎそうにない。

割烹旅館で働く成沢民子は週に一回、自宅にもどる。そこには、脳梗塞で倒れ寝たきりの夫の嫉妬と欲望が民子を待ちうけ、はげしく責め苛《さいな》む。

あるとき民子は、客の男からもっと収入のある仕事はどうかと勧誘された。男は名門ニュー・ローヤル・ホテルの支配人小滝だった。小滝は民子に政界の顔役、秦野を紹介した。二年間高級ホテルに宿泊をつづけ先生と呼ばれる秦野は、民子の眼の前で札束を見せびらかすようにして、高価な宝石を買った。

《いったい、あの人は、それだけの収入を、何処から得ているのであろう。小滝は、秦野を民子に紹介するとき、その辺をはっきりと説明しなかった。秦野自身もあのとき、小滝君も説明のしようがないようだね、と冗談半分に言ったが、やはり身分を言わなかった。

とにかく、民子の判断の中にない人物だった。

いつの間にか国電の駅に来た。遅い時間だったが、ホームにはまだかなりの客が電車を待っていた。高い所なのであたりのネオンが水平に輝いている。冷たい風が裾を吹き抜けた。》（『けものみち』）

ありふれた日常の風景のただなかに、民子の心と身体《からだ》を火照らせながら、「けものみち」がうかびあがる瞬間だ。

現在の境遇からの脱出を願う民子は、「けものみち」をすすみ、小滝の言葉にうながされるように夫を殺し、秦野の紹介で謎の老人鬼頭洪太の性的な玩具となる。

夫の死に民子の関与を疑う刑事の久恒は、民子への欲望と上司への反発から、民子を追う。物語は、民子によって内から、久恒によって外から、政財官界を裏であやつる鬼頭洪太を頭とする黒い組織の活動をあきらかにしてゆく。総合高速路面公団理事の行方不明、自殺、同公団総裁の辞任などが連続し、やがてそんな活動も裏の反対勢力によって阻まれ、鬼頭は死に、秦野は刺殺される。

「現代にはまだ、摩訶《まか》不思議な神話がいくつもある。戦後、民主主義になったという日本でも、普通の知識では判断のしようもない現象が多いのだ。／その意味で鬼頭洪太の存在は、政治的な黒っぽい雰囲気の中に影絵のように泛《うか》んでいる。（中略）／要するに、鬼頭洪太はいつも政界の裏の片隅にいて、ときには自分の書いた筋書どおりに波を起こさせ、ときにはそれを鎮《しず》める世話役を買って出たりしている。気短な新聞の評価は、彼のことを簡単に『黒幕』もしくは『策士』ということにしている」。

『けものみち』の時代には、政官財とくに政界を裏からうごかす人物を、黒幕、策士と呼んだが、その後、フィクサーという言葉で、児玉誉士夫《よしお》、笹川良一、小佐野賢治らの名前があがった。大物の存在が消えた現在、黒幕は小粒になりはすれ数をはるかに増し、しかもグローバル時代ともなれば国境を越えた存在も、しばしばうかびあがる。

6　秘密のかたまりを武器にして

銀座の喫茶店の、ガラス張りで明るい店内で、原口元子は、三人の男と向きあっていた。元子は元銀行員で、男たちはかつての上司、支店長、銀行の顧問弁護士であった。

《「わたしが流用した行金の金額と、その内容の細目はお示しのとおりです」

原口元子は、何枚も綴《と》じた横罫《よこけい》の書類に眼を落して、テーブルを間にして自分を囲む三人の男に云った。簿記用紙のその書類はさまざまな姓名と数字に満ちていた。

「この前から何度も申し上げているとおり、東林銀行千葉支店での仕事上の立場を利用して、過去三年間に二十三名の預金者口座から七千五百六十八万円の定期をわたしが勝手に引き出して費消した事実を認めます。これはわたしが自分からすすんで支店長さんに申し出たことです」

元子が眼をむけているのは、四角い顔の、ずんぐり肩の男だった。濃い眉《まゆ》の間に苦悩の縦皺《たてじわ》が寄っていた。彼は東林銀行千葉支店長藤岡彰一という。

「その費消という上には、横領という字が付くね」》

(『黒革の手帖』)

見通しの良い明るさと、顔をよせあい話しあう元子と男たちの「密談」とが好対照をなす。明るさの中に暗い秘密が、日常の中に計画的な横領、犯罪が顔をだすが、横領した元子が意気軒昂《いきけんこう》で、横領され被害者のはずの支店長が沈み苦しんでいるのは、なぜか。

『黒革の手帖』（一九八〇年）は、抽象的、具象的の両タイトルをつかいわけた松本清張の、具象的なタイトルの一例ではあるものの、なにか暗い秘密が記されている印象以外はっきりしない。わかるようで、わからない。これもまた巧みなタイトルといってよい。

物語は、過去にあった女子行員による横領事件を呼びよせながら、原口元子の「費消」および武器とした「黒革の手帖」について語る。

「架空名義や無記名の預金者は、しかし、これがオモテに出るのをおそれる。（中略）預金者らは他の銀行にも架空名義や無記名で資産を分散しているので、それに波及するのを恐怖したからである。（中略）／しかし、銀行には架空名義預金を扱った預金係や外まわりの行員らの報告によって、架空名義と実名の対照表的な名簿が備えられてある。ほんらいは支店長の直接管理するところだが、じっさいには支店次長などがその名簿を保管している。／だが、これが極秘扱いになっていても、行内では事務上、かならずしもそのとおりにはなっていない。預金係などが必要のさいはその名簿を見ることができる。／原口元子が持っていた『黒革の手帖』の内容はこの名簿をまるごと書き写したものだった」。

預金を多く獲得したい銀行と、架空名義や無記名の預金にすることで資産を見えなくし、脱税を図る預金者にとって、元子の持つ「黒革の手帖」の存在はまことに由々しきものだった。横領として警察に訴えれば、架空名義預金などの実情が露顕する。銀行の信頼がゆらぐとともに、預金者が特定されれば脱税があきらかとなる。また架空名義預金の自粛を求める大蔵省に禁止と全廃への口実をあたえるかもしれない（金融機関による架空口座開設は二〇〇三年に禁止され、その後、見えない資金は他人名義口座などへと移っている）。

原口元子が費消したのは、架空名義預金であった。銀行は元子の横領を帳消しにし、「今回の件につき、返金については当方は今後とも一切の要求の権利を永久に放棄することをここに確約いたします」との「念書」を元子の求めるままに書いた。

世間に露顕しては困る銀行と預金者の「秘密のかたまり」すなわち、元子の持つ「黒革の手帖」はこれほどの力を有していたのである。

7　個の破滅のうしろに巨悪がせりあがる

玉川しんめいの『戦後女性犯罪史』（一九八五年）によれば、この時代、銀行における女子行員公金横領事件がつづけて話題になったという。滋賀銀行の奥村彰子事件（一九七三年）、足利銀行の大竹章子事件（一九七五年）は『黒革の手帖』刊行以前で、以後には三和銀行の伊藤素子事件（一九八一年）がある。

いずれも、男に「貢ぐ」ための横領だったが、元子はまったくちがう。

高校卒業後すぐに銀行に就職した地味でめだたぬ容貌の元子は、白い四角な壁に囲まれた息苦しい毎日と、仕事上の性差別に苦しんだ末、銀行とは正反対の商売であるバーの開店をめざし、「黒革の手帖」計画に着手した。

三年後、元子は銀座に小さなクラブ「カルネ」を開店した。カルネとはフランス語で「手帖」を意味したが、この店名の由来は他の者にはわからなかった。

店の客で産婦人科病院長の楢林謙治が架空名義口座をもつのを知っていた元子は、婦長の中岡市子をつかってウラ帳簿を調べ、架空名義、無記名預金をたしかめたうえで（いわば、第二の黒革の手帖作り）、楢林から五千万円を脅しとった。「世間から高いところにいると思われている偉い人」を自由に操ることに味をしめた元子は、次に医科系大学予備校理事長の橋田常雄に狙いを定め、裏口入学リスト（第三の黒革の手帖）を入手しようとするが、国会議員秘書、元警察署長の総会屋など得体の知れぬ者が次つぎにあらわれて……。

元子を主人公とする痛快なクライムノベルは反転、元子が自在に操っていたはずの者たちがむすびつき企む、陰湿な復讐譚へと変わる。

物語のラストは凄《すさ》まじい。総会屋の事務所で倒され意識を失った元子は――「婦長さん。ひどい出血です」という声を聞く。病院の手術室にいた。

《元子は眼を凝らした。医者もじっとこっちを見つめている。

楢林院長だった。含み笑いをしている。

横から婦長の顔が加わった。中岡市子の長い顔だと知った。

元子は叫び出した。

「助けて！　わたしはこの二人に殺される！」

悲鳴が密室の手術室いっぱいに響いた。》（『黒革の手帖』）

思えば、『けものみち』の民子の破滅も凄まじいものだった。もちろん、女だけではない。若い病院長戸谷信一の悪行をえがく『わるいやつら』（一九六一年）のラストも、戸谷にとってまことに惨いものだった。

松本清張の社会派ミステリーにいわゆるハッピーエンディングは数少ないにせよ、民子、元子、信一のラストの惨たらしさ、凄まじさは際だつ。犯罪者はやはり罰せられねばならないのか。そうではあるまい。これら個の破滅は、関係した暗黒のゆきどまりではなく、結末でもない。むしろ個は凄惨な破滅をすることによって、かかわる者に容赦のない破滅をもたらす政界、官界、経済界の暗黒を背後にうかびあがらせる。

小さな悪人たちの、巨悪にたいする捨て身の告発、死を賭《と》した異議申し立て、なのだ。個の破滅は、読者を巨悪のただなかにおく。ここに、巨悪を認めず否定する正義の立場からではけっしてなしえぬ、暗黒の物語が可能となった。

暗黒をしかと見つめることが、それだけが、別のありかたへの不可避の出発であるのを告げる。松本清張の社会派ミステリーの特色がここにはっきりとあらわれている。

8 「密室」からの解放のために

松本清張編『疑獄100年史』(一九七七年)は、近代日本汚職・疑獄史をめぐり、学者の田中彰、金原左門、川村善二郎、原田勝正に、読売新聞記者の門馬晋がそれぞれ得意とする時代を執筆した好著だが、巻末には松本清張が加わった座談会「疑獄の系譜——その構造と風土」が収められている。「国家体制そのものが汚職構造」、「保守政権を支える官僚機構」、「ますます密室化する現代の政治」などが話しあわれ、川村の「列島総なめの疑獄体質みたいなところが構造的にも歴史的にも、国民の意識の面であって、それがどっかり腰をすえているというような感じになってしまう」といった発言もでて、しだいに絶望的な話に傾くのを松本清張は、次のようにまとめた。

「そのためには、真実の追及にあくなき執念を燃やし続けなくてはならない。歴史の不当に隠されてきたところを掘り起こさなくてはならない。そして何が本もので何がまやかしものかを判断する力を身につけなくてはならない。（中略）政治を『密室』から解放して白日のもとに出し、『衆庶とともに論じる』方向へ不断の努力を重ねなければならぬと痛感するな」。

四〇年前、松本清張によって強調されたことのすべては、戦後七〇年を経て政界、官界、経済界の「密室」化がすすみ、加えてマスコミの体制化もすすむ今、かつて以上にわたしたちに求められている。ここでもまた現在までの政治、経済、社会が常識として引いてきた線にたいする、「何故だろう、何故だろう」から発する、わたしたちの自覚的で執拗な引きなおしが要請されているといってよい。

第四章　普通の日常、勝者の歴史

『或る「小倉日記」伝』、『父系の指』、『無宿人別帳』

1　いったい、何になるのか

こんなことをして、いったい、何になる。

耕作の心に空虚な思いがひろがった。

「こんなことを調べてまわって何になるのか。一体意味があるのだろうか。空疎な、他愛もないことを自分だけが物々しく考えて、愚劣な努力を繰り返しているのではないか」。

初めての思いではなかった。調べを開始してすぐ耕作を襲った問いと不安であり、たちまちそれは絶望感に変わった。そんな問いと絶望感が、今また耕作を襲ったのである。

一九五三年、第二十八回芥川賞を受賞し、作者松本清張の名を世間に知らしめた短篇

『或る「小倉日記」伝』には、くりかえし、主人公田上耕作の絶望的な思いがあらわれる。

小倉に住む田上耕作は、森鷗外の小倉時代（陸軍第十二師団軍医部長　一八九九年〜一九〇二年）の日記が散逸しているのを知り、足で歩いて資料をあつめ、隠れてしまった「小倉日記」の内実を明るみにだそうと思いたつ。小倉時代の関係者を捜し、当時の鷗外をめぐる話を聞き、書き記すのである。

岩波『鷗外全集』の編纂《へんさん》委員の一人で、日記の散逸をひどく残念がる詩人のK・M（モデルは木下杢太郎《もくたろう》）に、実際のエピソードをいくつかしめした手紙をだすと、おおいに激励された。一九四〇年の秋だった。

消えた「小倉日記」そのものの発見ではない。関係のあった人びとの話から、四〇年近く前の「鷗外のいた日々」、鷗外が人びととともに生きた過去を掘りおこす――。

三十代前半になっていた耕作にとって、これは人生で初めての目的であり希望となった。

2　隠れた鷗外に自分をかさねる

耕作は片足が不自由だった。言葉もはっきりせず、口をあけたまま涎《よだれ》をたらした。

両親は諸所の医者にみせたが、神経系の障害であるのはわかったものの病名は不明、治療法もないということだった。頭脳は人一倍明晰《めいせき》で成績は優秀、私立中学に進んだが、その風貌は耕作を日々の孤立に追いやった。

文学書に親しむようになる耕作に、中学時代からの友人で、そして生涯ただ一人の友人となる文学青年江南鉄雄が、小倉を舞台にした鷗外の『独身』が収録された小説集を貸してくれた。老夫婦と幼い娘の「でんびんや」一家（小倉では走り使いを「伝便」と呼んだ）をめぐる幼児期の淡く幸せな記憶を掘りおこしてくれたこの作品をきっかけに、耕作は鷗外に傾倒した。

「小倉日記」の散逸、喪失を知った耕作が、「未見のこの日記に自分と同じ血が通うような憧憬さえ感じた」のはなんら不思議ではない。

世間から姿を隠した鷗外が耕作の心の中で、不遇の自分とかさなる。

鷗外にとって東京の軍医学校長から第十二師団軍医部長への転出は、自他ともに左遷と受けとめるしかないものだった。そんな不遇時代の鷗外も生きて日々の足跡を小倉の街にしるし、日記を書き、『鷗外漁史とは誰ぞ』（一九〇〇年）他の随筆を発表し、後にはこの時期に取材したいわゆる小倉三部作の『鶏』（一九〇九年）、『独身』（一九一〇年）、『二人の友』（一九一五年）を書いている。

四〇年近くの時間のうちに隠れ埋もれてしまった鷗外は、ほとんどそのまま耕作とかさなる。周囲からは奇異をもてあそぶ眼差しを向けられる以外は認められることがほとんどなく、この日常――大多数の人びとにはごく「普通の日常」において、特別の関係をもつ幾人かの者以外には、見えない、存在しないのと同然の耕作とかさなる。

だとすれば、鷗外の過去の発掘は、耕作の現在にいたるすべての人生にまったくちがった意味をあたえ、耕作が発掘する今と、発掘の未来とに光をあてる。

世から隠れてしまったものを、心ならずもずっと世から隠され、存在を認められなかった者が掘りおこす。日記そのものの発見とは異なり、まさしく「『小倉日記』伝」という関係者からの話の採集は、その一つひとつが鷗外の日々の出現であるとともに、鷗外の出現をうながす耕作という存在の、日々刻々の出現である。

しかも、鷗外の出現は同時に耕作の出現であるが、鷗外のそれがほんの一部分にたいし、耕作の出現は全部である。社会の大多数の者が形成する「普通の日常」においては見えない、存在しない耕作が、鷗外の出現をとおしてその全部が顕れでるのだ。

耕作にとって、これが、人生で初めての目的であり希望とならないはずはない。母のふじも、我が子が希望に燃えたつ様子を見て、よろこんだ。しかし――。

しかし、そうであればあるほど、作業の意味はおもく、さらにおもくなって、作業のなかなか進まない耕作をおしつぶそうとする。こんなことをして、いったい、何になる、と。

3 「普通の日常」を突き崩す

このおもさには、耕作の困難な作業をえがく、作者松本清張独自の試みの困難さがのしかかっていた。

定住、定職といったことからはじまる「普通」の生活、すなわち、社会の多数派にとって当たり前の生活秩序(普通の日常)は、極貧者、病者、障害者、無および低学歴者、下層労働者、非定住者、被差別者、移民、先住民族、異民族など社会的な少数者、弱者を秩序の周辺および下層に排除、見えない者にして成りたち、女性、子ども、高齢者、また、性的マイノリティーも見えにくい存在にして成りたっている。ときには、少数者を異様に際だたせヘイトし、さらには差別、分断、排除することで多数派の域内における秩序と安寧を守りながら、である。

歴史的に形成された「勝者の歴史」を背景とするその秩序に、作家松本清張はじしんもふくめ、社会的な少数者、弱者すなわち、「普通の日常」においては見えない者、隠された者の立場から果敢に挑みつづけた。

社会的少数者、弱者を隠す＝無視するのが当たり前の「普通の日常」なる秩序をあきらかにするとともに、みずからもまたその一人とみなす社会的少数者の「顕在化」、つまり暴露は暴露でも積極的な意味での暴露である「顕在化」を図る。見えない者を、見える者にすることによって、これまで見えなくしていた秩序の一角を突き崩す。

『或る「小倉日記」伝』は、維新期の敗者が、「勝者の歴史」を背景に勝ち誇る者に挑むデビュー作『西郷札』とならび、否、それ以上に積極的な「顕在化」の試みの始まりをしるす作品であった。

人と社会の暗い秘密を暴露する「隠蔽と暴露」の方法は社会悪の露顕をもたらすとともに、「普通の日常」にふたをされ隠された人びとを、物語というステージによみがえらせる「顕在化」の方法でもあった。作品をつみあげる中でしだいにはっきりしてゆく「隠蔽と暴露」の方法も、しかし初期作品では、手探り状態の中にあった。松本清張じしんが暗い濁った半生を過ごした小倉の街をステージにする、思い入れのつよい『或る「小倉日記」伝』ではとくにそうだったにちがいない。

こんなことをして何になるのか——問いかけは、物語中の耕作の自問である。と同時に、この問いは物語を書く松本清張から、すなわち、「普通の日常」に挑む試みをはじめたばかりの松本清張から発せられる切実な問いであったろう。

松本清張は後に『半生の記』で、かつて同様の問いに直面した場面を記している。朝日新聞社の広告部で図案書きをしていた戦中、机を隣りあわせた校正係主任の浅野隆の影響で、考古学に関心をもち北九州の遺跡を歩きまわったり、奈良や京都に出かけたりしていた。あるとき、大阪から転勤してきた東京商大（現一橋大学）出の社員が言った、「君、そんなことをしてなんの役に立つんや？　もっと建設的なことをやったらどないや」。

会社では大学出として出世の約束されたこの社員の言う「役に立つ」や「建設的」が、自分にはあてはまらないのを知っていた松本清張にとって、考古学への関心はまず、現在から未来にのびる「建設的」や「役に立つ」を認めない姿勢のあらわれであった。だが、会社内の「普通の日常」に背くそんな行為が、自分にとって何をもたらすのか。「普通の日常」にはいれぬ者のたんなる悪あがきにすぎないのではあるまいか。こんな問いを、小説を書きはじめたばかりの松本清張はひきずりつつ、それに小説を書くという作業をとおしてこたえてみたい、というささやかな野心をいだいていたはずである。

物語中の耕作の問いのおもさには、こうした作者松本清張の問いのおもさがのしかかっていた。耕作はくりかえし悩み、絶望しないわけにはいかない。しかし、それが唯一の希望であるなら、耕作の作業はどこまでも、執拗に、進められねばならなかった。

4　戦時社会が隠しつづける

まずは、カトリックの宣教師で、フランス人ベルトランからはじめた。ベルトランは鷗外にフランス語を教えた。ベルトラン翁の話からは、週に五日、遅刻もせずに通ってきて、熱心にフランス語を学ぶ鷗外の姿がうかびあがった。次は、鷗外が『二人の友』で「安国寺さん」と呼ぶ僧の玉水俊虠《しゅんこう》の遺族を訪ねた。不明瞭な発音からとりあってもらえなかったことを察したふじは、翌日、耕作につきそい、俊虠の妻から話を聞いた。このとき以来、ふじは耕作の通訳のような形でつきそうことになった。

ベルトランと俊虠の妻の話をいくつか詩人K・Mに送り、激励の手紙をもらった耕作はおおいにふるいたったが、しかし、ここから先の調べはなかなか進まなかった。一進一退の悪戦苦闘が耕作とふじにつづいた。「そんなことを調べて何になります?」と、耕作の身体を意地悪く見た関係者の孫に、言いすてられたのもこの頃だった。

ちょうどその頃、大きな出来事が人びとと耕作に襲いかかろうとしていた。

戦争である。

二人が、鷗外の原稿をあつかった新聞社の小倉支局長麻生作男を訪ね、柳河（柳川）に行ったおりのことは、次のように語られる。

「二人は汽車に乗った。もう、その頃は戦争がかなり進んでいた。汽車の窓からみる田舎の風景も、農家の殆どの家が『出征軍人』の旗をたてている。車中の乗客の会話も、戦争に関連していた」。

ここでの「戦争」は一九四一年からはじまった大東亜戦争（戦後は「太平洋戦争」と呼ばれ、現在は一般に「アジア・太平洋戦争」と呼ばれている）である。

「戦争」する社会が、いかに耕作の作業を阻害したかについて、物語は何度もくりかえす。柳河町役場で親切な事務員が電話をかけようとして交換手になかなかつながらないところでは、「近頃、局が混んでいるというのも戦争の慌しさが、この片田舎の城下町にも押しよせているのだった」と語られ、さらには、こうまとめられる。

「戦争が進むにつれ、彼の仕事は段々と困難を加えてきた。誰もこんな穿鑿《せんさく》など顧るものはなくなった。敵機が自由に焼夷弾を頭上に落している時、鷗外も漱石もあったものではない。人々は明日の命が分らないのだ。人をたずねて歩くなど思いもよらない。終戦まで耕作もまた巻脚絆《まききゃはん》をつけて、空襲下を逃げ惑わねばならなかった」。

5 「兵士の身体」の近代史

もとより、戦時社会は、一九四一年に突如あらわれたのではない。

耕作が鷗外の「小倉日記」散逸を知り、採集の作業を開始した一九三八年頃は、すでに一九三七年にはじまった日中戦争（当時は支那事変または日華事変などと称された）のさなかだった。さらにさかのぼれば、一九三一年に満州事変が勃発、ここから一九四五年の敗戦までを、ひとつながりの対外侵略とみて、「一五年戦争」と評論家の鶴見俊輔は名づけた。一九〇九年生まれの耕作の青春のほとんどはこの「一五年戦争」にはいってしまう。

それればかりではない。日本の近代においては、ほぼ一〇年おきに戦争をして戦前、戦中、そして戦後が幾度も反復されたとするなら、耕作が生まれた一九〇九年も日露戦争の戦後であり数年後にはじまる第一次世界大戦の戦前であった。

そもそも近代日本が国是とした「富国強兵」、「殖産興業」には、「強兵」という名の戦争の社会的な常在がはっきりとおりこまれていた。

男子は徴兵検査が課せられ強兵の身体が理想とされる「普通の日常」が、耕作の不自由な身体および言葉にどのような差別的な眼差しを向け、その後ただちに無関心となるかは、物語の中でいやというほどくりかえされる。戦争は耕作の鷗外発掘の作業を阻害するばかりか、「強兵」にはなりえない耕作そのものを否定する。だからこそ、物語において戦争があらわれるシーンで、耕作の孤立は他にまして際だつのである。

松本清張に、一九三八年に起きた津山三十人殺し事件をえがく作品『闇に駆く猟銃』(一九六七年、後に『闇に駆ける猟銃』)がある。

青年都井睦雄による村人の殺戮《さつりく》を過剰なまでにとらえたこの作品は、過剰な殺戮と時代との関係を次のようにえがいて、締めくくられる。大量殺戮は睦雄の個人的な「錯乱」のようにも思えるが、「しかし津山事件の場合は日華事変の最中であった。新聞は連日のように敵兵の大量死者数を発表し、日本軍隊の勇敢を報道していた。一人の機関銃手が数十人の敵兵をみな殺しにしたという『武勇談』も伝えられた。これが睦雄の心理に影響を与えていなかったとはいえない。げんに彼の犯行時の服装からして空想的な日本兵の漫画によるヒントだった。津山事件には戦争の翳《かげ》も落ちていたのである」。

一九三八年五月に二十一歳の青年がひきおこした大量殺戮事件は、戦場での殺戮をなぞったという意味で戦争とかかわるだけではなかった。徴兵検査で結核を疑われ丙種合格となり、「強兵」への夢を断たれたうえ周囲の冷たい視線にさらされた青年が、空想の兵士すなわち「兵士の身体」となり、村を血でみたした出来事でもあったにちがいない。「強兵」になれない青年が実際に大量殺戮を起こしたのとほぼ同じ時期に、物語に登場する耕作は、「強兵」を賛美し話題にする「普通の日常」にあって、「強兵」には見向きもせず、埋もれてしまった不遇時代の鷗外の過去を発掘しはじめたことになる。

耕作とふじが汽車に乗ったおりの、「車中の乗客の会話も、戦争に関連していた」というのは、都井が起こした凄惨な事件からすでに何年も経ち、戦争が一挙に拡大した頃の車中風景である。車中の耕作は、乗客たちにはますます見えない存在と化していたにちがいない。米軍機による空襲時にはなおのこと、そうだったろう。

しかし、そうであればあるだけ、耕作の作業はつづけられねばならなかったし、戦中はもとより、敗戦後、食糧の欠乏と困窮で病状が悪化してなお、耕作は完成に向けた作業を放棄することはなかった——。

6　モデルからの変更が意味するもの

よく知られているとおり、物語中の田上耕作にはモデルがあった。鷗外居住趾の標木を建てるなど小倉で鷗外調査研究家としても知られた文人、田上耕作（一九〇〇年〜四五年）である。「本人に会ったことはなく、話だけ聞いていたので、半分以上は想像」と松本清張は述べている（「あのころのこと」一九七〇年）。以下、実在の田上耕作をめぐる情報は主に、森鷗外研究の山崎一穎《かずひで》の「『或る「小倉日記」伝』論——事実と虚構の交叉」（一九九七年）による。

物語の田上耕作とモデルとなった田上耕作とは、いくつかの点で大きく異なる。まず、生年が一九〇〇年から一九〇九年に変えられている。初出である『三田文学』版では一九一〇年である。一九〇九年生まれの松本清張は、執筆当初の逡巡《しゅんじゅん》を断ち、物語の田上耕作にはっきりとみずからをかさねたと思われる。

第二に、実在の田上耕作の病が幼少の頃、階段から落ちたのが原因とされるのにたいし、物語の田上耕作のそれは原因不明で生まれついてのものとされる。障害を先天的なものにすることは、障害を変えがたい宿命のようにみなすことになろう。障害者研究の生瀬克己は、物語全体をみわたしたうえで、「障害者を『不運な存在』ときめつけるような、ノーマライゼーション以前の障害者観」があらわれている、と批判する（「文学にみる障害者像　松本清張作『或る「小倉日記」伝』」一九九五年）。ただし、この強固で悪しき障害者観は松本清張の差別意識のあらわれというよりは、障害者を排除した「普通の日常」の制圧を意味するだろう。松本清張はその圧倒的な制圧を前提にしたうえでこそ、田上耕作とその困難きわまりない作業を、丹念にうかびあがらせたのである。

第三に、実在の田上耕作は一九四五年六月二九日の門司大空襲で、母とともに死んだ。享年四十五、母は八十だった。それにたいし物語の田上耕作は、一九五〇年の暮れに母に看取《みと》られながら死ぬ。翌年二月には東京で鷗外の「小倉日記」が発見された（実際の発見は三月）。「田上耕作が、この事実を知らずに死んだのは、不幸か幸福か分らない」という物語の結末をいっそうドラマティックにするためであろう。もちろん、どちらか「分らない」ゆえにかきたてられるドラマではない。本物の「小倉日記」が死の直後にでてきても、耕作の作業は耕作にとってゆるぎない特別の「本物」であることをはっきりさせる、反語的なドラマゆえである。こんなことをして、いったい、何になる。物語で反復される問いは、ラストによって最終的に答えられるのだ。

7　そして、気のいい父があらわれる

文豪森鷗外の「小倉日記」を無名の一青年が歩いて再現することは一般には暴挙に等し

いものだったし、小説を発表しはじめたばかりの新人が「小倉日記」をタイトルにかかげて物語を作るというのも同様だったろう。

その試みは、成功した。芥川賞選者に認められるという成功以前に松本清張は、小倉の「でんびんや」をめぐる鷗外の言葉をたんなる知識にとどめず、耕作が幼い頃実際に接した老夫婦に幼い少女の「でんびんや」一家、すなわち流浪する下層の民の、共感をこめた顕在化によって豊かに肉付けすることに成功していたのである。

耕作の幼少期のほとんど唯一の幸福な記憶に「でんびんや」一家があり、死期にのぞんだ耕作のこころにひびくのもまた「でんびんや」の老爺《ろうや》の鈴の音であった。

こう考えれば、『或る「小倉日記」伝』がより密接なつながりを有するのは、同時期の作品としては、学界、学閥といった形のはっきりとした権威と闘っている『風雪断碑』(一九五四年、後に『断碑』)や『石の骨』(一九五五年)などよりはまず、『父系の指』(一九五五年)ではあるまいか。

松本清張は『半生の記』で述べる。

「私の小説に『父系の指』というのがある。私小説らしいといえば、これが一ばんそれに近いが、私の父と田中家との関係をほとんど事実のままにこれに書いておいた」。

日々の実体験と思いを作者の「私」がこまごまと語るのが日本近現代文学における私小説の基本型だとすれば、「一ばんそれに近い」と松本清張じしんが言う『父系の指』は、虚構の「私」が語る実際の「父の肖像」譚である。松本清張が「私」を語るときまず父がくるというのは、最初の私小説系と認める『父系の指』だけではなく、後の回想的自叙伝『半生の記』が「父の故郷」の章ではじまることからも知れる。

『父系の指』はこう書きだされる。

「私の父は伯耆《ほうき》の山村に生れた。中国山脈の脊梁に近い山奥である。生れた家はかなり裕福な地主でしかも長男であった。それが七カ月ぐらいで貧乏な百姓夫婦のところに里子に出され、そのまま実家に帰ることができなかった」。

なぜ里子に出されたかという「謎」とともに、父の弟が実家の財産を受けとりやがて東京で成功したことがしめされたうえで、こう記される。

「父は十九の時に故郷を出てから、ついぞ帰ったことがなかった。汽車賃さえも工面できない生活のためである。それだけよけいに故郷に愛着をもち、帰郷することが父の一生抱いていた夢であった」。

父が誇らしげに「私」に語りつづけたにもかかわらずついに一度も帰ることのかなわな

かった故郷に、九州で商事会社の社員となった「私」が赴く。さらに、父にとって係累で唯一の自慢の人物、山口の師範学校を出て東京で成功した弟（叔父）に、「私」は会いにゆく。父の生涯の夢を代行する「私」によって父の過去、その始まりがさぐられるのだ。

しかし、結果はいずれも惨いものだった。

故郷では父の影は薄く、「一族結束相互扶助」をかかげ生活状態のすこぶる良好な一族からひとり外れていた。田園調布に大きな屋敷を建てた弟は一年前に死んでいて、その妻は父のことを忘れており、子どもたちは伯父があるのをまったく知らなかった。

にもかかわらず、リンゴをむく長男（従弟）の長い指は、「私」の指であり、父の指でもあった。父系の指に、「私」は厭悪《えんお》と憎悪の感情をいだきながら、父の孤独を故郷とも血族とも切りはなしひそかにだきしめる。

故郷の「普通の日常」からも、一族の「普通の日常」からもはじかれ、存在の薄い者、見えない者になってしまった父を、「私」はここで愛憎を超えた親密さで顕在化する。『或る「小倉日記」伝』が田上耕作の生を、「普通の日常」からは見えない者にされた下層の民の生もろともに顕在化した作品であるなら、『父系の指』にあらわれる父は、『或る「小倉日記」伝』の耕作の記憶にある「でんびんや」一家の老爺とつながるのではないか。

松本清張にとって、最初に顕在化させたかったのは、松本清張の「私」ではなく、「私」の中で息づく父であったにちがいない。その意味で、郷原宏が評伝『清張とその時代』（二〇〇九年）を「第一章　父の山河」ではじめたのもうなずける。

8　三重に除外された人びと

「普通の日常」からはじきだされた者はもちろん、一人ではなかった。一九五七年から翌年まで連載された連作短篇『無宿人別帳』は、江戸時代中～後期、主に江戸の町をステージに、同時代の「普通の日常」から排除された人びとを集団として顕在化した作品である。

松本清張の作品によってまるで実在の人別帳のようにみなされるようになったが、もちろん、「無宿人別帳」なるものは実在しない。

松本清張の『無宿人別帳』は、「無宿」をめぐる三重の除外に抗うフィクショナルな人別帳、すなわち、歴史には残らない、ありえない人別帳の創造である。

三重の除外——当時の人別帳からの除外のうえに、取り締まる側による記録からの除外がかさなり、そして戦後歴史学における農民中心史観からの除外（闘う農民からの逃亡者として否定された）もかさなって、見えない存在と化していた「無宿」を、松本清張は連作短篇というスタイルで、執拗にうかびあがらせようとした。

「無宿」とは何か。「江戸の町内に住むには、地主、家主、五人組などの保証が必要であった。悪事をする者があると町内のこういう人たちは連帯責任で共に罰せられる仕組みになっていた。人別書き（戸籍）を持たないで故郷を出奔した無籍者は、このような制度のために、いかなる職業に就くことも困難であった。非人になるのさえ非人頭が居て拒絶した。喰い詰めた彼らから犯罪者が多く出たのは当然である。無宿者は江戸制度の谷間であった」（「町の島帰り」）。

こうした見えにくく、薄暗い谷間に松本清張は眼をこらす。

9　裏切られてもなお、「なかま」を求め彷徨う

ただし、松本清張が、三重の除外、三重の隠蔽に抗い顕在化したのは、明るく自由で一匹狼的な、股旅ものの定番でおなじみの「無宿」ではない。
無宿者は江戸制度の谷間――という見方からもあきらかなように、『無宿人別帳』では、「無宿」は制度がうみだした構造的な存在として、いいかえれば個人としてではなく集団としてとらえられる。だから、「無宿」の側からみると、偏見と差別の眼差しを向ける側

もまた、巨大な集団のようにみえる。

火事で大伝馬町の牢《ろう》からいったん解放された野州無宿の平吉は、数時間は「娑婆《しやば》の自由な身体」だと思い込もうとする。しかし、「娑婆」はよそよそしく平吉を拒む。「大騒ぎして出てきたが、娑婆もあんまり好さそうには思えなかった。第一、行き場がない。構ってくれそうな家も無かった。（中略）／あたりを見ると、どの家も戸を閉めて昏《くら》い。それは、そのまま平吉を寄せつけない世間を象徴しているように思われた。夜が明け、この戸が開いて人々が動き出しても、彼の立場は同じに違いなかった」（「赤猫」）。

ここには、社会的な弱者を排除してそびえたつ「普通の日常」が、無気味なまでにとらえられている。

『無宿人別帳』での「無宿」たちは、「普通の日常」の偏見と差別の眼差しにさらされて、飢えと犯罪と死にかぎりなくちかづき、それゆえにまた権力の末端で暴力をふるう者たちに接することになる。無宿者たちに凄惨なドラマが生起しないはずはない。

だが、『無宿人別帳』はそれをえがきだすことにとどまってはいない。「無宿」が集団として差別と偏見にさらされ、秩序維持をめざす権力によって集団として取り締まられるとすれば、「無宿」はその集団そのものに反転の契機をみいだすのだ。牢の中で、「人足寄場」の中で、佐渡金山の苛酷《かこく》きわまりない仕事場で、病んだ囚人を治療する溜《ため》で、そして、逃げる道中で。

それが「なかま」である。

『無宿人別帳』において、くりかえされる差別と抹殺の記述に対抗するように、そして、反復される裏切りと仕返しの記述をのりこえるように、「なかま」をめぐる記述があらわれるのは、それゆえだろう。

松本清張は、「無宿」と現代の社会的な弱者とをかさねていた。「無宿」が江戸制度の谷間だったように、現代における制度の谷間である弱者――「普通の日常」に安住する者には、直面するのがはなはだ困難な弱者を、「無宿」という歴史的存在をとおしてえがきだした。高度経済成長の離陸期にうみだされた『無宿人別帳』は、高度経済成長期のもたらす社会の均質化（谷間の解消）で意義を失うかにみえた。

近年、とくにバブル崩壊後の一九九〇年代以降、新自由主義の跳梁で、拡大の一途をたどりはじめた社会的格差と、非正規労働者の増大にもみられる階層的弱者の新たな形成の中で、そして新たな「なかま」への希求と模索とともに、ふたたび、黒いかがやきをはなちはじめたように、わたしには思えてならない。

第五章　暗い恋愛

『天城越え』、『波の塔』、『強き蟻』

1　名作とは逆のコースをたどって

松本清張のえがく恋愛は暗い。

物語には、初々しい恋愛も、邪心のない純愛も登場しない。かといって戦後解禁となり主に週刊誌を淫靡《いんび》にいろどった、エロティックで濃厚なセックスシーンも、ほとんどない。

さまざまな理由から、閉じられた薄暗がりの性愛が、二人を周囲から切りはなすとともに、それぞれの孤独をはっきりさせる。

松本清張作品にあって、恋愛もまた隠すものとなる。登場人物たちは、恋愛そのものを隠し、恋愛から派生した出来事を隠す。松本清張作品における恋愛は、みずからを隠すことによってだけわずかにはなやぐ「暗い恋愛」であり、そして、オープンになるやたちまちくずれさるような「暗い恋愛」なのである。

松本清張に、生気のみなぎる明るく初々しい、時代を超えて読みつがれるたぐいの恋愛小説はない。中学校や高等学校の教科書にも載る恋愛小説の定番、たとえば、川端康成の『伊豆の踊子』（一九二七年）や三島由紀夫の『潮騒』（一九五四年）のような作品は、松本清張にはない。

しかし、ない、存在しないだけでは、満足しなかった。そうした恋愛小説にあえて逆らう物語を書いている。一九五九年に発表された短篇『天城越え』（原題は『天城こえ』）だ。少年の脱出の夢と挫折、そして「暗い恋愛」がひきよせた惨劇の物語である。

松本清張は『天城越え』について、短篇集『黒い画集3』（一九六〇年）に収録された「『黒い画集』を終わって」で次のように記している。

「これは自分で気に入った作品だ。（中略）少年が大人《おとな》に成長する期の旅愁に似たものと、性の目覚めを扱ってみた」。

ここでの「少年が大人に成長する期の旅愁」と、「性の目覚め」とは、あきらかに川端康成の『伊豆の踊子』の主題を受けついでいる。作者のつよい対抗意識のもとに『天城越え』が書かれたことをしめす。

「私が、はじめて天城を越えたのは三十数年昔になる」と書きだされ、つづいて『伊豆の踊子』の冒頭近くが引用された後――「違い」を際だたせる次の文章がくる。

「違うのは、私が高等学校の学生でなく、十六歳の鍛冶屋《かじや》の倅《せがれ》であり、この小説とは逆に下田街道《しもだかいどう》から天城峠を歩いて、湯ヶ島、修善寺に出たのであった。そして朴歯《ほおば》の高下駄ではなく、裸足《はだし》であった。なぜ、裸足で歩いたか、というのはあとで説明する。むろん、袴《はかま》はつけていないが、私も紺飛白《こんがすり》を着ていた」。

　こうしてかさねてみれば、恋愛小説の定番すなわち恋愛小説の「普通の日常」は、年若いエリート一高生の、悩みは多いが金に困らぬ気ままな旅をつづら折りの山道に出現させる一方、あるいはその旅ですれちがったかもしれない、いっそう若くすでに労働に疲れた無名の少年の、変わらない境遇からの脱出の旅を「見えないもの」にしていたのである。『天城越え』における主人公の設定は、定番が隠蔽する「見えないもの」の積極的な露出、顕在化の試みのひとつといってよい。

　ただし、天城越えを試みたとき十六歳の少年だった「私」の三十数年前の記憶は、冒頭から奇妙な翳りをおび、そこここに、断絶と空白が認められる。今の「私」が容易にふみこめぬその空隙は、「暗い恋愛」とそれがもたらす惨劇があけたものだった。

「見えないもの」の闇は、『伊豆の踊子』にもなかったわけではない。闇は、踊り子たち旅芸人の周囲にひろがっており、川端康成はそれを「物乞い旅芸人村に入るべからず」の立札他、随所で暗示していた。しかし、『天城越え』の闇はさらに深く、凄惨なものを秘めていたのである。

2　瞬時の至福こそ惨劇への道行

兄が静岡で印刷所の見習工をしていた。いつもは見あげるだけだった天城の山を自分の足で越え、野宿をかさねて静岡に行く。朝の早い鍛冶屋なので朝寝をすると、少年はいつも母に小言をいわれていた。その日もきつくしかられた。曇天のむしあつい日だった。かねての希望を決行する気になり、ひとり下田をでた。

行く道は険しく困難で、金のもちあわせはごくわずか、目的地ははるか遠かった。そうであればあるだけ、少年は脱出の夢を当初ふくらませたにちがいない。

曲がりくねった上り坂がはてしなくつづき、行きあう者もめったにいない。天城のトンネルを越える頃には、夢は早くもしぼみ、少年はしだいに心細くなっていた。追いつかれた菓子屋、ついで呉服屋としばらく行動をともにしたのと「近在の百姓」を見かけた他は、一人の流れ者らしき「土工」とすれちがっただけだった。

もはやここまでと、少年は下田にひきかえすことにきめた。すでに陽《ひ》は山におち、薄暗くなりはじめた道に、修善寺方向から突然、一人の女があらわれた。

異様ななりをしていた。

「その女は頭から手拭いをだらりとかぶっていた。着物は派手な縞《しま》の銘仙《めいせん》で、それを端折《はしょ》って、下から赤い蹴出しを出していた。その女はひどく急ぎ足だったが、妙なことに裸足であった」。

「女の顔は白く、あざやかな赤い口紅を塗っていた。白粉《おしろい》のよい匂いが、やわらかい風といっしょに私の鼻にただよった」。

「後ろから見ると、女の赤い帯は、結び目のお太鼓が腰のあたりまでずりさがっていた。私は、子供ごころに、それがずいぶん、粋《いき》にみえた。着物は艶やかに光ってきれいだった」。

「黒瞳《くろめ》の張った、美しい顔だった」。

来たことのない場所で、今まで見たことのない異様なものに出会い、やがてそれが

「美」であり「女」であることに気づくプロセスが、じつに巧みにえがかれている。

草履は脱いだほうが疲れぬからと女に言われ裸足になり、下田に向けて女としばらく歩いた。少年にとってこの瞬時の至福こそ、つづく惨劇への道行に他ならぬことを、語り手の「私」は知っている。

前方に「土工」を認めた女は、少年に、あの人に用事があるから先に行ってくれ、行きなさいとしかった。後から追いつくと言う女の言葉に期待して、少年はゆっくり歩いたが、女はついにこなかった。

翌日、下田の父母の家に帰った。少年の顔を見て母は泣きだした。

3　薄暗い山道で、過去の記憶がよみがえる

三十数年経った。

静岡の西側の中都市で印刷業をいとなむ「私」は、静岡県警察部から『刑事捜査参考資料』の印刷を依頼された。製本した本を何気なく読み、その中に「天城山の土工殺し事件」があり、きれいな女と殺された「土工」のことが記され、少年の「私」も登場していた。女は修善寺の売春婦大塚ハナ。「土工」に身体を売ったが金をはらわないので刺した

と自供したが、その後自供をひるがえした。物的証拠はなく、裁判所はハナに無罪を言い渡した。

印刷を注文した田島元刑事が訪ねてきて、冊子を読んだかと聞いた。かつて捜査に参加し、この原稿も書いたという田島は「私」に、当時見落としたのは少年だった、少年がなにか知っていたはずだと言い、「私」をじっと見た。とっくに時効になっている事件ではあるが、殺害の動機がわからない、と田島は言い残し帰っていった。

あのとき、暗い道をひきかえした「私」は、さらに暗い藪《やぶ》の中で、二つの黒い人影が交わっているのを見たのだった。事前に約束した額の倍の金をとりあげた女は先に行き、ひとりのろのろと歩く「土工」を「私」は、ふところに持っていた切出しで斬りつけて殺した――。

《私は、なぜ、土工を殺す気になったのか。十六歳の私にも、土工が女と何をしていたかおぼろに察しがついていた。実は私がもっと小さいころ、母親が父でない他の男と、同じような行為をしていたのを見たことがある。私は、そのとき、それを思いだし、自分の女が土工に奪われたような気になったのだ。それと、いまから思えば、大男の流しの土工に、他国の恐ろしさを象徴して感じていたのであった。》

（『天城越え』）

性愛をめぐる暗い記憶が、暗い夜の今とかさなり、さらに余所者《よそもの》排除という村共同体の暴力まで加わって、少年のうちで炸裂《さくれつ》する。天城のトンネルを越えみずから余所者への扉をひらきかけた少年が、あたかも自己処罰のようにして余所者を襲う。物語が「見えないもの」の底辺を流れてゆく「土工」から最後まで眼をはなさないのは、いかにも松本清張らしい。

血しぶきの炸裂を、その後三十数年、こころの奥に閉じこめた男の闇に、なお、黒瞳のはった女の姿がほのかにうかんでいる。「暗い恋愛」の極致といえよう。

4　どこへも行けない道

松本清張の独特な恋愛ものといえば、東京地検の駆け出し検事小野木喬夫と、情報ブローカーの妻、結城頼子との出会いと破局をえがいた『波の塔』（一九六〇年）を思いうかべる人も少なくないだろう。

松本清張作品には、発表されるとすぐ映画化、テレビドラマ化されたものも多いが、『波の塔』もそうなった。映画の封切りは一九六〇年一〇月、頼子を有馬稲子、小野木を津川雅彦が演じた。テレビドラマ化は一九六一年が最初で、それぞれ池内淳子、井上孝雄が演じた。テレビドラマ化は現在まで八回、最も新しいのは二〇一二年で、羽田美智子、沢村一樹が演じた。意外な俳優もいないではないが、同時代の「暗い恋愛」にほぼマッチした顔ぶれである。そんな顔ぶれで、『波の塔』を親しく想起する人も多いはずである。『波の塔』では、物語がはじまって間もなく、全体を象徴する忘れがたい場面があらわれる。二人が初めて一緒に登場する場面だ。

調布の深大寺を散策した二人は、たがいに別れがたく歩きつづけた。道はどこかに出るものだ、と頼子は言い、小野木はその言葉を反芻《はんすう》した。

三鷹の天文台近くでタクシーをひろった。頼子は多摩川に向かって走るように言い、登戸大橋までくると、堤防を二子玉川橋に出る道を選んだ。

《対岸に灯はほとんどなく、まっ暗になりかけていた。堤防の下は畑だったり、石を詰めたりしてあった。こちら側は、遠いところに工事中の建物が黒い影で見えたりした。人ひとり通らず、蕭条《しょうじょう》とした暮景だった。

一キロあまり走ったころ、

「おや」

と、運転手が言った。

道の正面に、杭《くい》が二本、門柱のように立っているのが見えたのだった。

「しまった、この道は行きどまりだ」

堤防は、その杭の先から切断したように落ちていた。

運転手は舌打ちして、車をバックさせた。かなりの距離を突っこんできたので、後退の道も長かった。

頼子は、小野木の指に力を入れた。

小野木が見ると、暗い中で頼子が笑っていた。

「道があるから、どこかへ出られると思ったけれど、どこへも行けない道って、あるのね」

頼子がささやいた。

どこへも行けない道——小野木は口の中で呟《つぶや》いた。》

(『波の塔』)

『波の塔』においてはもちろん、松本清張作品の中でも、最も印象深い場面のひとつといってよい。「道」の高い象徴性からすれば、たがいに死を決意した女と男が砂漠の中の絶える道をはっきりと思いうかべる、松本清張版「暗い恋愛」の傑作『砂漠の塩』(一九六七年)と、『波の塔』はならぶ。

語り手は、人物の内面に深くはいりこまない。場面のすばやい動きと反転だけをしめし、それゆえに頼子のささやきと、小野木の呟きが際だつのである。

5　犯罪とは人間業苦の凝固である

小野木喬夫は、この春、司法研修所を終えたばかりの駆け出し検事である。しかし、検事に向かって一直線といった、意気軒昂な青年では、すでになかった。

司法研修所で学ぶ数々の判例集に圧倒された小野木は、早くも検事という仕事に懐疑的になっていた。

「数々の判例集の中に塗りたくられているどろどろした人間臭や、最後の課程にはいっての生きた人間の取調べの実習に感じる人間の業苦というものには、時に神経が圧倒された。小野木のような青二才にはとても太刀打ちできそうもない巨大な壁の厚みが、犯罪というかたちで凝固しているように思えた。それに手向かうのが『六法全書』という活字本なのである。これを武器に人間業苦の集積を解決してゆくことの頼りなさに、小野木は自信を失いそうになるのだ」。

いうまでもなく、探偵小説あるいは推理小説に、犯罪はなくてはならぬ出来事である。

犯罪を方法以上に、その動機と実行を強調したのが松本清張の「社会派ミステリー」なのはよく知られている。ただし、その動機と実行の中核にあるものを「人間業苦」と端的に言いきっているのはここだけだ。苦しみ、悲しみはもとより、悦楽、快楽、理由なしも、また、孤立、共謀など、すべてをふくむ「人間業苦」である。

個々の犯罪をながめわたしたうえの「人間業苦」が、社会関係を生きる者の苦悩であり憂苦であり惨苦なのはあきらかだろう。社会に遍在する「人間業苦」は、ときに一人あるいは複数の者に凝固して出現する。それが、松本清張における犯罪なのである。

小野木は人間業苦の直視にたえられなくなると、貝塚や竪穴住居をはじめ、国家が形成される前の時代の遺跡めぐりの旅にでた。「みなが平等に共同して生活していた」、そんな古代人の生活が好ましく思えるのだ。

小野木が結城頼子に会ったのは前年の研修所時代で、場所はモスクワ芸術座公演『どん底』の劇場だった。観劇中、胃痙攣《いけいれん》を起こして苦しむ頼子を、小野木は医務室に連れてゆき、自宅近くまでタクシーで送り、請われるまま名刺を渡した。

しばらくして頼子から電話があった。幾度か会ううちに、二人の関係は深くなっていったが、連絡は頼子からで、小野木には許されなかった。二人にとって初めての小さな旅は、台風接近とかさなった。嵐の夜、頼子は夫がいることを小野木に告げた。その告白をきっかけとして、二人の関係はいっそう激しく切実なものになってゆく。

結城庸雄とは父親同士が知りあいの見合い結婚だった。庸雄が「屑《くず》」であるのをすぐに見ぬいた父は頼子に詫《わ》び、別れて帰ってこいとくりかえしたが、頼子はそうしなかった。庸雄がたまにしか家にもどってこなくなってからは、かえって別れる機会を失ってしまっていた。そうして、頼子は小野木に出会ったのだった。

結城庸雄は、官界、政界そして経済界を裏でむすびつけて稼ぐ情報ブローカーだった。小野木が捜査中のR省をめぐる汚職に庸雄は深くかかわっていた。

別れをきりだす頼子を疑う庸雄は、旅の行き先をさぐり頼子が若い男と泊まっていたのをつきとめ、そして、頼子と歩く小野木の顔を見た。

R省の汚職をめぐり家宅捜索で結城の自宅に踏みこんだ小野木はそこに頼子を見て驚《きょう》愕《がく》する。驚くのは担当検事としての小野木を見た庸雄も同じだった。庸雄の弁護士が小野木検事と頼子のスキャンダルを検察につきつけ、小野木は捜査から外された。

スキャンダルの大々的報道によって小野木が社会的に失墜するのを見て、頼子は庸雄の復讐が終わったことに気づく。

アパートの整理を終えた小野木は東京駅で頼子を待つが、頼子は一人、新宿から列車で大月に行き、そこから富士山の樹海にタクシーを走らせた。樹海を前にした運転手の、これからさき車は通らない、という言葉を聞いた頼子は、かつて小野木にささやいた「どこへも行けない道って、あるのね」という言葉を思いだしていた。

「暗い恋愛」も、あるいは、「人間業苦」のひとつなのか。

『波の塔』は、一九五八年に創刊された週刊誌『女性自身』に連載中（一九五九年五月〜六〇年六月）から話題をあつめ、調布の深大寺はデートスポットとなり無数の「小野木と頼子」をうみ、物語ラストの青木ヶ原樹海は、自殺の薄暗い名所となった。

6　「婚活殺人事件」にも松本清張的既視感が

事件が起きると、これは松本清張だな、と思うことがわたしにはしばしばある。

そのたぐいの事件、出来事は以前からあったのではないか、という当たり前の見方を反故《ほご》にしてしまうほど松本清張作品の印象がつよいからだろう。しかも松本清張作品でえがかれた事件、出来事が他の作家の作品、映画、テレビドラマなどに継承、変奏、増幅される中でわたしたちは事件を受けとめるのだ。こうした、いわば松本清張的既視感は、けっしてわたしだけのものではあるまい。

二〇〇九年に発覚した「婚活殺人事件」のときも、わたしはすぐに松本清張の『強き蟻』（一九七一年）を想起した。『強き蟻』は、財産目当てに三十歳年上の老人、沢田信弘の後妻となった伊佐子が、自分がまだ若いうちに遺産をわがものにするため、夫を殺そうとする物語である。

首都圏を舞台とする連続不審死事件の発覚は、鳥取での連続不審死事件とかさなり、いずれも容疑者が女性で、殺されたらしい男性がその女性と同居したり結婚を望んでいたりしたことから、「婚活殺人事件」と話題になった。

北原みのりの『毒婦。――木嶋佳苗100日裁判傍聴記』（二〇一二年）、青木理の『誘《ゆう》蛾灯《がとう》――鳥取連続不審死事件』（二〇一三年）、また、上野千鶴子、信田さよ子、北原みのりの座談本『毒婦たち――東電OLと木嶋佳苗のあいだ』（二〇一三年）などには、タイトルこそ稀代《きだい》のモンスターを過剰にイメージさせるにせよ、じつは日常のすぐ隣にあって、ときに死へ振れる女と男たちそれぞれの「暗い恋愛」がよくとらえられている。

死にいたる親密性は男たちにも女にもつよかったにちがいない。こんな女がよくもとか、男も情けない、だまされやすい男たちだとかの揶揄のはいりこむ余地はまったくない。

二〇一四年には京都で、容疑者の女性の周辺で夫や交際相手の変死が連続する「婚活殺人事件」があきらかとなった。この年、「後妻」をビジネスとする者たちをえがいた黒川博行の『後妻業』が話題となり、後に大竹しのぶ主演の映画『後妻業の女』（二〇一六年）も作られた。フィクションで、しかもよく創りこまれた役柄をみごとに演じる大竹しのぶよりも、現実の筧《かけひ》千佐子容疑者（当時六十七歳）の新聞のワン・ショットに格段の凄《すご》みを感じる者は、わたしと同じく事件を日常に隣りあわせた変事として受けとめるからだろう。

変事が非日常のものならそれにちかづかなければよい。ありふれた変事だからこそ、避けようがないのである。変事になんということもなく迷いこんだ男が、瞬時、女を悪女と感じたのと同じく、否、それ以上に、女は、男のことを、いつもの暗黒の凶事に導く優しい悪魔、と見なかっただろうか。

7 「強き蟻」たちの暗い饗宴《きようえん》

松本清張の『強き蟻』は、まさしく「後妻」の物語である。

それにしても、『強き蟻』とは、よくも名づけたものである。

これは、危険な前衛俳人として戦中に検挙され、戦後はひろく活躍した西東《さいとう》三鬼の「墓の前強き蟻ゐて奔走す」（一九四八年）からとられている。死の静寂と生の喧騒《けんそう》とが併存する。誰もが一度は見て知っているが、誰もあらためて具体的にイメージした者もいなければ、まして言葉にした者などいない。五七五の定型にうまく収めているのではなく、外見は定型のふりをしてイメージの組み合わせの定型を内からふきとばす。これぞまさしく、詭計《きけい》にとむ「前衛」俳句といってよい。この句のすばらしさもさることながら、そこからさらに説明的な「墓の前」と「奔走す」を削りとり、「強き蟻」に集約させた松本清張の大胆さにも、あらためて驚かされないわけにはいかない。

「後妻」でも「後妻業」でも「後妻業の女」でもなく、また、「毒婦」や「悪女」でもない。一般には後妻もの、悪女ものが、松本清張では「強き蟻」と名づけられるのだ。

『強き蟻』の文春文庫（一九七四年）版「解説」で権田萬治は、「強き蟻」とは「一人の人間の死という厳粛な事実をよそに、生活の資を得るために激しく走り回る、欲望に身を焼かれている人間たちのこと」とし、この物語においては「死」あるいは「墓」を沢田信弘がにない、信弘の早い死を願う妻の伊佐子を「強き蟻」とふりわけたうえで、さらに、伊佐子と関係をもつ佐伯弁護士、遺産相続で最後に得をする信弘の先妻の娘二人も「強き蟻」ではないかと興味深い指摘をしている。

ただし、物語に登場する死は、信弘の死だけではない。伊佐子の若い愛人石井寛二の同棲相手の不審死からはじまり、伊佐子が信弘との結婚以前に援助を受けていた塩月芳彦の叔父で政界の実力者の病死があり、心筋梗塞の発作による信弘の死でなお物語は終わらず、出所してきた石井による佐伯弁護士の殺害へとつらなる。

登場人物はみな、連鎖する死の前で、ということはすなわち、やがてはみずからも避けられぬ死の少し前で、それぞれの生を思いのまま生きている、「強き蟻」ではあるまいか。

そう考えれば、信弘も例外ではない。高齢と持病と社会的地位の危機といういくつものゆきどまりに向きあいながら、わがままな伊佐子を許し、伊佐子から可能なかぎりの快楽を得る。若い女性速記者宮原素子を家に呼び自叙伝の口述筆記をつづけて、最後の土壇場で遺言書を書きかえ素子に託す。これまで哀れな被害者とみなされてきた信弘もまた、「強き蟻」の一人といわねばなるまい。

加害者伊佐子に被害者信弘という図式も成りたちにくい。普茶料理店を経営し幾人もの男の影がちらつく三十歳も年下の伊佐子を、たかい社会的地位と財産にものをいわせ結婚という形でわがものとしたのち、みずからの衰えから、伊佐子を夫の早い死を願う女にしむけてしまったとも考えられるからだ。「強き蟻」はもともと強欲な蟻ではない。甘い甘い条件が、「強き蟻」を強欲な蟻に変えて、犯罪へとおしやるのである。

「強き蟻」たちの「暗い恋愛」、暗い饗宴のいっぱいにもられた物語には、みずからを外に隠す家庭のありかたがうかびあがる。また、事実を記録するためではなく、事実を隠蔽するためにもちいられる「日記」という驚きの仕掛けが登場する。

「暗い恋愛」においても、松本清張の「隠蔽と暴露」へのこだわりと、その対象と仕掛けの新たな発見がつづいていたのである。

第六章　オキュパイドジャパン

『小説帝銀事件』、『日本の黒い霧』、『深層海流』

1　占領下日本《オキユパイドジヤパン》の巨大な密室へ

R新聞論説委員の仁科俊太郎は、京都のホテルで偶然、元警視庁幹部の岡瀬隆吉と出会った。旧知の二人のあいだで話は進み、GHQ（連合国軍最高司令官総司令部　一九四五年～五二年）で防諜《ぼうちよう》部門を受け持ち特務機関も作っていたアンダースン中佐の話題におよんですぐ——岡瀬に異変が起きた。

《「占領当時の犯罪捜査には非常に苦心しました。米軍関係は、部隊がすぐ移駐するので証拠保全が困難だし、米側の捜査官に熱意がない。熱意が無いどころか、アンダースンのように妨害して、こっちを苛《いじ》めにかかってくる者もいるわけです。アンダースンという奴は悪い奴でした。保安関係なら、どんなことにも顔を出して横車を押す。帝銀事件のときでも、警視庁にやって来て……」

流れるような話術が不意にそこで停《とま》った。走っているものが急に動かなくなった感じである。はっとして、思わず相手の顔を見たのは、聴いている仁科俊太郎の方であった。岡瀬隆吉は眼を遠くに遣《や》って、しかも視線を動揺させている。唇を開けてはいるが声は出ていない。われわれが言ってはならぬことを、うっかりと言いかけて気づき、うろたえているときの表情と同じであった。（『小説帝銀事件』）

このとき仁科は、元警視庁幹部の異様なまでの狼狽をとおして、オキュパイドジャパン（占領下の日本）時代の巨大な密室の一端にふれていた——。

『小説帝銀事件』（一九五九年）の物語的主張の核心は、その展開および結末にではなく、冒頭のこのワンシーンにある、といってもよい。実際に起きた帝銀事件（一九四八年）をあつかいながら、なぜ「小説」と断わらねばならなかったかについても、この異変出現の場面に深くかかわるにちがいない。

わたしはここで、占領期、占領時代という歴史的限定性をもつ用語ではなく、あえて「オキュパイドジャパン」という言葉をつかい、現在にまでひそかに、あるいはあからさまにつづく、日本の従属的対米関係を、松本清張の疑いと深化をもとにえがいてみたい。

2　帝銀事件に見え隠れする旧七三一部隊とGHQ

米軍中心の連合国軍は、ダグラス・マッカーサーを最高司令官とするGHQのもと占領政策を実行した。GHQ内部において、日本の脱軍国主義化、民主化を進めるリベラル勢力（GS＝民政局、民主化政策をになった中枢部局）から、朝鮮戦争が迫り日本を反共の砦にしようとする保守勢力（G2＝参謀第二部、諜報・保安・検閲などをになう）に指導権《ヘゲモニー》が移行する過程で、不可解な事件が次つぎにひきおこされた、と松本清張はとらえた。

しかもそれらは、松本清張がくりかえし述べるように、最初からそうと決めてかかった演繹《えんえき》的な仕方ではなく、「何故だろう、何故だろう」という執拗な問いかけと、膨大な事実の確認、および独自の推理によって、少しずつ少しずつ、うかびあがってきたのだった。

松本清張は一九五九年に『小説帝銀事件』を書き、翌年、下山事件から、二大疑獄事件（昭電疑獄、造船疑獄）、帝銀事件（再説）、松川事件など、そして、レッド・パージ、朝鮮戦争までをとらえたノンフィクション『日本の黒い霧』を、さらにその翌年、占領が終わってもなおつづく――そして、その後、現在までも延々とつづく、日本の従属的対米関係の隠された実態をめぐって小説『深層海流』を書いた。

小説からノンフィクションへ、そしてまた小説へ。松本清張はそれぞれのジャンルの可能性と不可能性をはっきりと意識しながら書きすすめたのである。一九六〇年をはさむこの三年間の試みは、日米安全保障条約改定反対闘争（六〇年反安保闘争）の時代、すなわち敗戦後のアメリカとの関係を鋭く問いなおす時代とひびきあうものになった。

『日本の黒い霧』で、松本清張は、日本の戦後において「占領期」およびその政策の隠れた延長の重大性をくりかえし指摘し、占領期研究の手薄さについて嘆いている。一九五五年に出版され現代史ブームをひきおこしたベストセラー、遠山茂樹・今井清一・藤原彰『昭和史』でも、占領期の記述は少なく、諸事件については、「下山国鉄総裁死亡事件、三鷹事件、松川事件などの奇怪な突発事件が相ついで起り、占領軍と政府はこれをあたかも労働組合員や共産党員が『暴力革命』の企図からおこしたかに宣伝して弾圧に利用した」と記されるだけだった。『昭和史』は一九五九年に新版がでた。松本清張の『小説帝銀事件』雑誌発表後の刊行にもかかわらず、記述には帝銀事件など諸事件の謎に具体的に迫る姿勢はほとんど感じられない。文学・文化研究の小森陽一と近現代歴史学研究の成田龍一とが対談「松本清張と歴史への欲望」（二〇〇五年）で的確に指摘するような、すでに定まった歴史の展開の中に個々の事件を位置づける戦後歴史学と、あくまでも個々の出来事、事件からはじめる松本清張の方法とのちがいが、ここにもはっきりとでている。

帝銀事件は、敗戦からまだ二年半後の一九四八年一月、東京都豊島区の帝国銀行椎名町支店で起きた大量殺人強盗事件である。東京都の衛生課員を名のる中年男が、近くで集団赤痢が発生した、追ってGHQが来るので、まずこの予防薬を飲むようにと行員に指示。実際は青酸化合物を飲ませた行員十六人のうち十二人を死亡させ、男は現金および小切手を奪い逃走した。男は他行で予行演習らしきものをくりかえしていた。周到な準備、毒薬の知識とおちついた実行などから、警視庁は当初、犯人を軍関係者とみなし捜査を進め、石井四郎中将率いた旧七三一部隊にもとどくが、GHQの巨大な壁につきあたり突如方向を転換、著名なテンペラ画家平沢貞通《さだみち》を逮捕した。取り調べで自白したとされる平沢は、公判では一貫して自白を否認、無罪を主張した。

『小説帝銀事件』が書かれたとき、帝銀事件から一〇年以上経っており、すでに最高裁判所で平沢の死刑は確定していた。松本清張は、判決をくつがえすにたる新たな事実、新たな物証をつかんでいたわけではない。しかし、膨大な裁判記録を読みこみ、ある確信を得るにいたったのだろう。それが、冒頭のワンシーンとなってあらわれでたのである。

3 「白い霧」から「黒い霧」へ

物語は新聞記者、仁科俊太郎を、京都の街を見下ろす、蹴上《けあげ》にあるホテルの五階におく。「俯瞰《ふかん》した眺望」をもつ仁科の眼下には、おりしも雨上がりの「白い霧」がはいあがる。そして、直後の岡瀬隆吉との出会い——これに似た実際の情報が松本清張にもたらされていなかったとは断定できないにせよ、かくまでに舞台と役者のそろう場面は、フィクションであるにちがいない。

帝銀事件をめぐる事実と言葉を追いかけ、ある確信にいたった松本清張が、その確信にすがたかたちをあたえようと「小説」の可能性を行使した。松本清張はこう書いている。「かねてから平沢貞通犯人説に多少の疑問を抱いていた私は、この小説の中で、できるだけ事実に即して叙述し、その疑問とするところをテーマとした。小説の形にこれを仕立てたのは、私の疑問をフィクションによって表したかったのである」(『日本の黒い霧』の「帝銀事件の謎」)。

松本清張のうちで、当初の疑問は確信にまでとどく。

『小説帝銀事件』は仁科を視点人物に、事件の概要と平沢逮捕までをとらえた第一部、検事の調書や論告などを資料とした第二部、弁護団の弁護要旨、判決書などを詳細に検討する第三部からなる。

GHQのアンダースン中佐をめぐる岡瀬の隠しごとは、物語の流れが平沢犯人説に収《しゅう》斂《れん》しそうになるとかならず仁科の脳裏に鮮明にあらわれて、読者の関心を、軍関係者なかでも旧七三一部隊に関係する者へ、旧七三一部隊による細菌兵器研究の成果を活用するためにその存在を隠蔽しようとするGHQの暗躍へと導くのである。

松本清張の旧七三一部隊への注目は、戦後もっとも早い時期のそれだった。森村誠一の『悪魔の飽食――「関東軍細菌戦部隊」恐怖の全貌!』(一九八一年)をきっかけに、多くの研究書があらわれたのは、松本清張が眼を向けたおよそ二〇年後であった。二〇一七年夏には、旧ソ連ハバロフスクでの裁判の貴重な音声記録をもとにしたNHKスペシャル『731部隊の真実~エリート医学者と人体実験~』が放映された。

4 「新聞記者」による事件の社会化

ここで注目したいのは、松本清張が、帝銀事件の一〇年後の追跡者としてベテラン新聞記者(論説委員)を選んでいることである。事件の特定化、限定化から意図的に遠ざかり、むしろ事件の背景をできるだけ広く、深くとらえうるように設定されている、といってよい。一般読者が日々発する「何故だろう」との問いを共有できるうえ、さまざまな分野での調査と追跡と暴露のプロでもある。仁科はよくこの役割をはたす。

『点と線』や『砂の器』、『時間の習俗』といった作品では、追跡者は刑事だった。犯人を特定し逮捕するには追跡者は刑事、検察官などでなければならない。しかし、犯人が特定されず、犯人の向こうに個別の特定化を拒む組織や、巨大な権力が見え隠れする場合は、さらにはこのオキュパイドジャパンのような時代全体を相手にする場合には、新聞記者は格好の追跡者であった。

「社会」へと物語をひらいてゆく松本清張の社会派ミステリーには、新聞記者が必要だったし、同じ理由から、あるときは雑誌記者、カメラマン、あるときは映画監督、作家などが追跡者となって、追跡者ならではの、出来事をつつみこむ「社会」を暴露してゆくのである。松本清張が今もし生きて活躍していたら、ここにアナリストから、インターネット・ジャーナリストやメディア・アクティビスト、さらには、機密情報公開サイト「ウィキリークス」の構成員や、スノーデンのような内部告発者までもが加わるにちがいない。

もちろん、刑事のような捜査権、逮捕権をもたない新聞記者などの追跡には限界もある。

物語の締めくくりで、これまでの追跡をふりかえりながら、仁科は、「しかし、とに角、個人的なおれの力ではどうにもならない」と思わないわけにはいかない。

とはいえ、新聞記者個人の限界は、物語で語られれば、限界の慨嘆のまま終わらない。一つの「限界」の意識は、多くの読者につたえられ、読者の数だけ「力」を増やして、「限界」を少しずつ、少しずつ押しうごかしてゆくだろう。読者への逆説的なメッセージがとどいたのか、物語は連載を終えてすぐ、第十六回文藝春秋読者賞を受賞した。

5　ノンフィクションの限界と意義

一九六〇年に連載され、松本清張の諸作品の中で最もよく知られた作品の一つである『日本の黒い霧』には、十二の謎めいた話が収められている。連載からすでに六〇年近くが経ち、とりあげられた個々の事件からはそれ以上の年月が経つにもかかわらず、いまだに全体像はほぼ謎のままの事件だ。

現在流布している文春文庫版での、それぞれのタイトルは、下山国鉄総裁謀殺論、「もく星」号遭難事件、二大疑獄事件、白鳥事件、ラストヴォロフ事件、革命を売る男・伊藤律、征服者とダイヤモンド、帝銀事件の謎、鹿地亘事件、推理・松川事件、追放とレッド・パージ、謀略朝鮮戦争となっている。これらは、すべてGHQ占領下で起きた（および占領時代に起因する）事件であり、出来事である。

今、この作品を読むとき注意しなければならないことがある。文春文庫の「上」の巻末には、文藝春秋出版局名の「作品について」（二〇一三年）という文が掲載され、松本清張執筆後現在までに、新たな資料、事実の発見により、戦前戦後を通じ共産党の同志を官憲に売り渡していたという「伊藤律＝スパイ」説は認めがたいものとなった、という意味のことが記されている。早くは渡部富哉『偽りの烙印《らくいん》――伊藤律・スパイ説の崩壊』（一九九三年）があり、近年においても、加藤哲郎『ゾルゲ事件――覆された神話』（二〇一四年）、孫崎享《うける》『日米開戦へのスパイ――東條英機とゾルゲ事件』（二〇一七年）などで松本清張による「伊藤律＝スパイ」説は否定されている。また、「謀略朝鮮戦争」で松本清張は、朝鮮戦争における先制攻撃について当時一般に流布された北朝鮮軍説をしりぞけて韓国軍説をとったが、ソ連崩壊後あきらかとなった当時の情報によって、スターリンから南侵攻の容認をとりつけた北朝鮮からであることがはっきりした。これらをふくむ誤りは検討され訂正されねばならない。

ただし、これらの誤りによって話のすべてが無効化されてはなるまい。伊藤律問題では、

「作品について」でも指摘されるとおり、「伊藤氏が戦前戦後の政治情勢、共産党内部の対立の中で運命を翻弄されたこと」を受けとめ、同時代の運動および社会状況をより広く深くとらえる必要がある。韓国軍先制攻撃説もまた誤りとはいえ、三十八度線付近ではそれぞれ「北伐」と「解放」をかかげた両軍のあいだで小戦闘、中戦闘が頻発し一触即発の状態であったこと、さらには、『松本清張と昭和史』（二〇〇六年）で保阪正康が指摘するとおり、「戦争の背後にどのような歴史があり、そこに旧日本軍が何らかの形で尾を引いているという指摘はやはり新鮮」である。

当時知りうる「事実」をもとに書かれたノンフィクションには、たしかに歴史的な制約がある。しかし、その後における新たな「事実」発見をおそれて書くのをやめれば、ノンフィクションはありえない。当時の情報を可能なかぎり収集し書くことに、その時点でのノンフィクションの意義はある、といってよい。松本清張じしん、「あとがき」に代えたエッセイ「なぜ『日本の黒い霧』を書いたか」をこう締めくくっている。

「いろいろ書きたりないところもあり、資料収集の不備もあり、調査の未熟もあったが、一九六〇年の自分の仕事としては悔いはなかったように考える」。

読むたび、そして、その後の対米従属の長い歴史を思うたび、「占領が終わって十年もたたないこの早い時期に、よくぞ現代史の隠された深部にメスを入れたものよ」（半藤一利の文春文庫版『日本の黒い霧』の「解説」、二〇〇四年）との思いが、わたしにも増す。

6　下山事件の真相究明は可能か不可能か

十二の話は、出来事の時代順にならんでいるわけではない。しかも、最後の二話は、個別の出来事というより、社会的ひろがりをもつ事態、そして戦争である。

「画家と毒薬と硝煙―再説・帝銀事件―」は連載第八回目に配置されている。帝銀事件に注目すれば、松本清張は、『小説帝銀事件』を書きつつはっきりしてきたGHQの巨大な壁という確信を、ほぼ同時期に起きたさまざまな出来事で問いなおしつつ、よりひろい時代状況、世界状況の中においてみたかったにちがいない。

最初に選ばれたのが、下山事件である。連載の最初にもってきただけあって、この文章が最も長く、密度も濃い。下山事件は、その後ほぼ四〇日のあいだに起きた国鉄関係の大事件、三鷹事件、松川事件などの始まりでもあった。

一九四九年七月五日、出勤途中に不可解な動きをして行方を絶った下山定則《さだのり》初代国鉄総裁は、翌六日の未明、常磐線《じょうばんせん》の北千住駅と綾瀬駅間の線路上において轢死体《れきしたい》で発見された。警視庁は、自殺とも他殺とも特定しないまま、捜査をうちきった。半年後、警視庁の事件最終報告書が「流出」し雑誌に発表された。そこでは自殺と結論づけられていた。

情報「流出」という警視庁の「作為」と、その結論に不審をいだく松本清張は、死体鑑定における死後轢断《れきだん》説、下山本人とは思えぬ行動などから、他殺説をとった。

GHQ内部で、反軍国主義、民主化路線を共産党勢力も利用しながら進めてきたGSと、ソ連と中国との対決には日本の民主化を止め一朝有事の態勢作りが必要とのG2の対立が激化していた。極東情勢の緊迫に応じ主導権をにぎったG2は、最大の労働組合である国鉄労組の大量人員整理を画策し下山にその実行を迫った。言うなりにならぬ下山を排除し、「行き過ぎの進歩勢力」を後退させるためにGHQは、下山謀殺をやってのけた。以上が松本清張の推定である。

ここでわたしが注目したいのは、本文の締めくくりの部分である。

一九六〇年一月号の雑誌『文藝春秋』に載った文章（タイトルは「日本の黒い霧——下山総裁謀殺論」）の締めくくりはこうなっていた。

「聞くところによると、下山事件は尚も地道な捜査がこつこつと続けられているという。私などの『推理小説的推定』でなく、的確な物的証拠による真相を一日でも早く発表して貰《もら》いたいものである」。

　これを書いた時点で、松本清張はまだ事件の真相があきらかにされる可能性を信じていたことになる。

　しかし、現在、最も手にとりやすい文春文庫版で「下山国鉄総裁謀殺論」を読む者は、真相究明が永遠に閉ざされていることに直面しないわけにはいかない。

「下山事件の捜査はすでに事実上打ち切られたものであり、この謀略の実際の姿は、世界における日本の現在の位置が変更せぬ限り、永遠に発表されることはないであろう」。

　真相究明の期待から、永遠の不可能性認識へ。両者のあいだには長い時間がよこたわるかのように思えるが、実際はほんの数カ月しか経っていないのだ。

　わたしの手元に、奥付によれば一九六〇年五月一〇日に文藝春秋新社（現文藝春秋）から発行された単行本『日本の黒い霧』がある。連載時のタイトルを変更した、下山総裁謀殺論、「もく星」号遭難事件、二大疑獄事件、白鳥事件の四篇が収められている。この書の「下山総裁謀殺論」の締めくくりはこうである。

「下山事件の捜査はまだ継続している、と当局では云っている。しかし、事件はすでに事実上打ち切られたものであり、この謀略の実際の姿は、世界における日本の現在位置が変更せぬ限り、永遠に発表されることはないであろう」。

7 対米関係が変わらねば究明はない

究明可能性から究明不可能性へと、わずか数カ月のあいだに、松本清張の考えは大きく変わったことになる。いったいなぜかくまでに極端な書きかえがおこなわれたのか。

『日本の黒い霧』連載の動機は、『小説帝銀事件』での疑問と確信、すなわち、事件の背後にGHQの暗躍があったとするそれを、米軍占領下に起きたさまざまな怪事件で実際にたしかめたいというところにあった。下山事件、「もく星」号事件、二大疑獄事件、白鳥事件と書き、つづく諸事件も概《おおむ》ねきまっていただろう時期の、極端な書きかえだった。

『日本の黒い霧』の試みにたいし、最初からGHQの謀略ときめてかかる演繹的な方法という批判がある。松本清張は、最初からGHQの謀略的関与をきめてかかるのではなく、あくまでも事件に即して帰納的に書きすすめたと述べているが、この書きかえはそうした進め方の一端を明かすもの、といってよい。松本清張は、いくつもの事件を次つぎに調べ推理しながら、GHQの謀略的な関与に眼を見張り、驚き、ほとんど恐怖したのだろう。

『小説帝銀事件』における一つの巨大な壁は、占領時代の日本社会すべてにかかわる「黒い霧」となって立ちあらわれてきた。どんなに深くても自然の霧はいずれ晴れる。しかし、この社会的かつ国家的な黒い霧はついに晴れない。堆積しつづけるだけのこんな思いが、書きかえの「永遠」という言葉にこめられていたと思われる。

ただし、それだけではあるまい。ここからが松本清張の真骨頂なのだ。

事件の永遠の究明不可能性には、「世界における日本の現在位置が変更せぬ限り」という条件がつけられていた。事件当時の日本の現在位置とは、アメリカの占領下にある日本であった。一九五二年四月の日本の独立とともに占領軍は去った。それからおよそ八年の後、未《いま》だに晴れずこれからも晴れそうにない「日本の黒い霧」を書く松本清張にとって、「日本の現在位置」は大きく変わるものではなかった。連載最終回の「謀略の遠近図〈日本の黒い霧〉」（後に「謀略朝鮮戦争」）の締めくくりには、「これまでの占領中のさまざまな事件が、この一つの焦点に向って集中されているように、今後も、（実質的にはまだ日本はアメリカの占領中なのだ）この種の謀略はアメリカの努力によってつづけられるであろう」という文が記されている。

「実質的にはまだ日本はアメリカの占領中」という見方は、当時、日米安保条約改定反対闘争に参加する者、関心をもつ者には多かれ少なかれ共有されていた。条約が改定されても、米軍は極東の平和と安全の維持という名目で在日基地を自由に使用できる。『日本の黒い霧』連載は、当時を知る者によってしばしば、反対闘争と呼応していた、と語られる。連載そのものは、歴史家の藤井忠俊が労作『「黒い霧」は晴れたか――松本清張の歴史眼』（二〇〇六年）で述べるとおり「六〇年安保を前にして満を持して発表した」ものとは言いがたいにせよ、六〇年安保反対闘争のもりあがりと時期的にひびきあっていたことは否めない。新安保条約の調印は一九六〇年一月、自然承認は六月一九日である。松本清張の極端な書きかえはちょうどこの間におこなわれたことになる。しかも、その直前に米占領軍による日本支配をめぐる記述をたっぷり加えられて。

「この謀略の実際の姿は、世界における日本の現在位置が変更せぬ限り、永遠に発表されることはない」とは、「日本の黒い霧」から脱するために「日本の現在位置を変更せよ」という、松本清張の同時代読者へのアピールではなかったか。

あらためてくりかえすまでもなく、ネガティブな状況を徹底して知ることが、そこからの解放のステップになると考えるのが、松本清張の流儀であった。

8 「別のかたち」で継続された占領政策

「日本の黒い霧」への松本清張の挑戦は、翌一九六一年に同じく雑誌『文藝春秋』を舞台に一年間連載された小説『深層海流』にひきつがれた。松本清張はエッセイ「『深層海流』の意図」（一九六二年）で書いている。

「『日本の黒い霧』は書き終ったが、日本が『独立』した以後のことにも、実質的に見てその延長と呼ぶべきものがある。占領政策は終ったが、アメリカの政策は一挙に日本から引揚げて行ったのではない。その占領政策は別のかたちで日本に継続された」。

この「継続」を暴きだそうとするのが、『深層海流』だった。

一九五三年一〇月のある日、日輪放送社員の中久保京介は、経営総体協議会副会長坂根重武のお供をして急行列車で博多に向かう途中、前年できたばかりの総理庁特別調査部の初代部長、川上久一郎を坂根から紹介された。川上に付き従う部員有末晋造も知った。しばらくして、川上から坂根へ極秘書類がとどけられ、坂根の求めで全文を中久保が書き写した。

「極東軍司令部参謀部軍事情報局発　外務省国際協力局長宛覚書」他の書類には、講和条約とセットになった日米安全保障条約の「裏」面が具体的に記されていた。占領中の対共産圏、対国内反体制派などの情報はGHQのG2が主に掌握していた。占領が終わり、そうした情報機関がなくなる穴を埋めるため、米軍のつよい要請のもと新設されたのが総理庁特別調査部である。新設に向け、米軍と日本政府との日米合同委員会がくりかえしひらかれた。こうしたいきさつが極秘書類には詳細に記されていた。

物語は、戦中に「情報関係の総裁」を務めた内閣副総理の宗像周三による総合的な情報部構想をしめし、初代部長に抜擢《ばってき》された川上が久我正総理（作中で辞任、「前総理」になる）の側近グループの恨みをかうとともに、部内の役人の対立によって失脚するさまをたどる。そして、『日本の黒い霧』の「征服者とダイヤモンド」でも一部えがかれた、戦中の接収貴金属をGHQが略奪して作られた日米秘密資金＝V資金（実際にはM資金として知られる）の謎とともに、秘密を追究した者たちの不可解な死がしめされる。資金の日本側の最高管理者は久我前総理ではないかとの推測もなされる。

「その衝撃は、GHQ占領当時の『謀略資金』（芝山乙男によれば）が、現在も引きつづき生存している現実の迫力から来る。それが日本国民に気づかれないところで存在し、活動していることの気味悪さである」。

一九五〇年代の中久保の感慨は、これを記す一九六二年の松本清張のそれであり、読者のそれであったろう。

先にしめした「『深層海流』の意図」で松本清張は、「これを小説というかたちにしたのは、いちいち本名を出しては思い切ったことが書けないからだ」と述べる。後に書かれ、『現代官僚論』（一九六三年、六四年、六六年）に収められた「内閣調査室論」（一九六四年）とあわせ読めば、「総理庁特別調査部」が「内閣調査室」、宗像副総理が緒方竹虎、川上久一郎は村井順、久我総理は吉田茂などとわかる。実際の権力者の裏側をうがつためにこそ、人物を匿名化したうえで存分にえがいたのだ。

9　オキュパイドジャパンは今もつづく

『小説帝銀事件』をフィクションにして「疑問」を前面におしだし、つづく『日本の黒い霧』では「事実」にもとづくことの鮮明化のためにノンフィクションとした松本清張は、『深層海流』では実際の出来事を暴露するためにこそフィクションを選んだ。

これら一連の試みによって暴露された、占領時代はもちろん大胆に、講和と旧安保条約締結後では一般には見えにくい形で実行された米軍による日本「占領」、逆にいえば日本の対米従属は、その後どうなったか。

『終わらない〈占領〉——対米自立と日米安保見直しを提言する！』（二〇一三年）では編

者の孫崎享、木村朗をはじめ、従属から一歩進めた独自の「属国」論を展開するガバン・マコーマック、戦後ずっと米軍占領がつづき新基地建設まではじまった沖縄の現状を告発し、日本政府の責任を追及する新崎盛暉《あらさきもりてる》、米軍占領政策の延長のために締結させられた日米地位協定の、国家主権上の不当性を難じる前泊博盛らが、対米従属の現在をあきらかにし、批判する。

「序言」を元首相の鳩山由紀夫が書いているのも興味深い。松本清張が『深層海流』でえがいた、米国一辺倒の久我前総理（モデルは吉田茂）に対抗し日ソ交渉に力をいれ、警察の尾行がついて怪文書がまかれた花山総理のモデルは、由紀夫の祖父、鳩山一郎である。由紀夫もまた首相時代、アメリカの意に沿わない沖縄の普天間基地の「国外移転、最低でも県外移転」、および東アジア共同体構想をかかげるや、たちまち失脚したことは周知のとおりである。

『深層海流』において、日米間の非公開会議として登場した「日米合同委員会」についても、最近、掘りおこしがあいつぐ。ジャーナリスト矢部宏治の『日本はなぜ、「基地」と「原発」を止められないのか』（二〇一四年）、『日本はなぜ、「戦争ができる国」になったのか』（二〇一六年）、『知ってはいけない――隠された日本支配の構造』（二〇一七年）は、日米合同委員会をふくむ対米従属の実態をあきらかにしている。

第六十回日本ジャーナリスト会議賞を受賞した『「日米合同委員会」の研究――謎の権力構造の正体に迫る』(二〇一六年)でジャーナリスト吉田敏浩は鋭く端的に指摘する。

「日米合同委員会は、『占領管理法体系』を『安保法体系』に衣替えさせて、日本占領管理下での米軍の特権を、占領終結後も外観を変えて『合法化』し、維持するための法的構造をつくりだす、一種の『政治的装置』として誕生したのだといえます。／そして、その機能は『安保法体系』による米軍の特権、事実上の治外法権の維持のために、今日まで連綿と続いているのです。対日講和条約の発効で日本は主権を、独立を回復したことになっていますが、はたしてアメリカによる『日本占領管理』は終わったといえるのか」。

日米合同委員会は現在まで千六百回以上つづき、その決定事項は憲法より優先される。

オキュパイドジャパンは終わらない。

終わらないどころか、わたしたちの眼のとどかぬところで、むしろ日本の対米従属はいっそう強固なものになっているのではないか。

松本清張の試みこそ、こうした問いかけの、最も早い時期の、最もつっこんだ問いかけのひとつであった。

第七章　神々

『黒い福音』、『昭和史発掘』、『神々の乱心』

1　至福と暗黒

東京の某カトリック教団の神父がかかわるとした殺人事件をえがく『黒い福音』は、一九五九年一一月からほぼ一年間連載された。『小説帝銀事件』、『日本の黒い霧』、『深層海流』と、オキュパイドジャパンの時代的深層＝真相に、あるときはフィクション、あるときはノンフィクションと、両者を自在につかいわけて迫っていたのとほぼ同じ時期の小説作品である。

『黒い福音』は、黒の作家松本清張のタイトルの中でも、ひときわ禍々しさの際だつタイトルといってよい。「黒い画集」、「黒い樹海」、「黒い空」、「黒の回廊」、「黒の図説」など、おなじみのタイトル、シリーズ名とならべても、『黒い福音』は突出する。画集や樹海や空と異なり、「福音」には人を至福へ導く良きイメージがある。そこに「黒い」がかぶさって、外部へは信者間の結束を固めてみずからを閉ざし、ときに排他的な攻撃性をむきだしにする宗教団体の負の側面がうかびあがるからだろう。

それぞれの神に由来する神々しさで飾りたてた教団もまた、その黒い実態を隠す。しかも、それぞれの神は、他の神と軋轢《あつれき》をうみ、ときに激しく抗争する。こうした教団を松本清張がみのがすはずはない。

教団が姿をみせる作品としては、長篇『黒い福音』につづいて、戦前の大本教弾圧事件がモデルの短篇『粗い網版』（一九六六年）、新興宗教と銀行との暗い関係を背景とした長篇『隠花平原』（一九六七年〜六八年連載）、ある教団の成立と資金集めの闇を暴く短篇『密宗律仙教』（一九七〇年）、新興宗教の禁忌をめぐる短篇『神の里事件』（一九七一年）などがあげられる。また『昭和史発掘』（一九六四年〜七一年連載）には、戦前の二度にわたる天理研究会（現ほんみち）弾圧を追い、獄舎につながれた信者たちの非転向を称えた「天理研究会事件」がはいっている。

『黒い福音』、『隠花平原』、『密宗律仙教』、『神の里事件』などでは、それぞれの神々をかかげた教団の暗黒面が否定的にとらえられ、『粗い網版』、「天理研究会事件」、とりわけ後者では、神と教主を信じて教団にあつまる人びとの、他の神にころばぬ信念のつよさが肯定的にとらえられている。

そしてこれら神々をめぐる正負両面の試みを総合するものとして、作者の死で未完となった『神々の乱心』（一九九〇年～九二年連載）がある。当時は絶対的だった天皇制を内部から掘り崩そうとする、新興宗教教主の破天荒の野望をえがく試みだ。

それにしても何故、新興宗教の神々が天皇制と交叉してしまうのか。近代文学研究の綾目広治は労作『松本清張――戦後社会・世界・天皇制』（二〇一四年）で、従来の天皇制研究と新興宗教研究を精査したうえで、「天皇制のあり方と新興宗教のあり方とは同質なものがある、と松本清張は捉えていた」からだろうと述べている。

あらゆる神々に不審の眼を向けつつも、神々にかすかな現状否定の可能性をみいだそうとした松本清張の試みを、『黒い福音』、『昭和史発掘』、『神々の乱心』で追ってみよう。

2　ここでもまた「壁」が立ちはだかった

『黒い福音』は、実際に起きた「スチュワーデス殺人事件」をモデルにしている。

事件の概要を、『戦後史大事典　増補新版』（二〇〇五年）から引く。

「東京・杉並区の善福寺川で一九五九年（昭和三四年）三月一〇日、BOAC（英国海外航空）スチュワーデス武川知子（二七歳）の他殺死体が発見された。死因は扼殺《やくさつ》。体内や下着から精液が検出された。参考人として、知子と特別な関係にあったベルギー人宣教師ベルメッシュ（筆者注：ベルメルシュ）・ルイズ神父が浮かんだが、事情聴取中の六月一一日、神父は本国へ帰国してしまった。BOAC香港回り線は、カトリック日本教団の資金輸送ルート、あるいはスチュワーデスを使った密輸空路としてうわさされ、この殺人の背後には謀略機関が介在するなどといわれたが、結局、事件は迷宮入りした」（朝倉喬司）。

松本清張は事件が起きて数カ月後、新聞や週刊誌などの記事を読みこみ、実際に死体発見現場などにも足を運んだうえで、ベルメルシュ神父犯人説にたつ長いエッセイ「『スチュワーデス殺し』論」を発表した。

冒頭近くに、「私の想像からすれば、あるいは警視庁は、この事件を捜査中、途中である壁にぶつかり、どうにもならなくて、いずれ適当な時期に神父には帰国してもらおう、という希望があったのではなかろうか」と書く。

捜査中に「壁」にぶつかり、という見方は、エッセイ掲載の前月に連載が終わった『小説帝銀事件』でくりかえし登場していた。翌年初めには『日本の黒い霧』の連載をはじめ、GHQおよび追随する日本の権力の巨大な「壁」について、さまざまな奇怪な事件をとおしてあきらかにする試みに着手する。エッセイと小説『黒い福音』は、これらの隠蔽する勢力を暴露する試みの線上にあるだろう。

ただし、勢力はGHQおよびその影というわけではない。戦後GHQ占領下に、強引な布教活動をおこない、組織をひろげた某カトリック教団である。ベルメルシュ神父は、教団に所属する社会事業団体、ドン・ボスコ社の会計係だった。教団の戦後における勢力拡大には、ドン・ボスコ社がララ物資やイタリアにある本部からの救援物資を闇ブローカーに流して、闇砂糖事件や闇ドル事件、闇金融事件をひきおこしながら獲得した莫大な資金が必要だった。ベルメルシュ神父は、ドン・ボスコ社の闇の部分にかかわり、麻薬の運び屋になるのを拒んだスチュワーデスを殺した——以上が、松本清張の推察である。

エッセイはこうまとめられた。

「明瞭なのは、この事件の捜査が壁につき当ったのも、ベルメルシュ神父の帰国を警視庁が『知らなかった』のも、要するに日本の国際的な立場が極めて弱いからである。そして日本の弱さが、スチュワーデスという一個人の死の上にも、濃い翳りを落しているのである」。

オキュパイドジャパンなる事態は、GHQ、アメリカによるものだけではなかった。敗戦国コンプレックス、西洋人および西洋文化コンプレックスなどが日本側にあり、対して、敗者差別、人種差別、異教徒差別などが欧米側にはあった。オキュパイドジャパンは、政治的、経済的、社会的であると同時に、文化的、精神的、心理的なものだったのである。アメリカの歴史学者ジョン・W・ダワーが『容赦なき戦争――太平洋戦争における人種差別』（猿谷要監修・斎藤元一訳　二〇〇一年）でとらえた「戦争」は、陰に陽に継続していたことになる。

3　読者を覚醒させる「既視感」へ

松本清張は、エッセイを発表して三カ月後にはもう小説『黒い福音』の連載を開始した。小説『黒い福音』は、ミステリーでしばしばみかける倒叙形式を採用している。最初に事件と犯人がしめされ、次に追跡者が妨害や工作、隠蔽を巧みに打破して犯人にとどく、という形式である。ここで倒叙形式は、殺人事件にいたる巨大な教団の実態とりわけ神父たちの性的放埒《ほうらつ》、および国際密輸ルートとの闇の関係をまずは内部からえがき（第一部）、次に殺人事件後の教団をあげての隠蔽と犯人の逃亡を内部および警察や新聞社の外部の視点からえがく（第二部）ためにもちいられている、といってよいだろう。

両面からとはいえ、同じ事柄や出来事がくりかえしあらわれるので、読者は第二部で、あるいは退屈にかたむく「既視感」にとらわれるかもしれない。しかし、それこそ作者松本清張の狙いだったのではないか。

はじめから意図的に狙われた「既視感」。

それは、社会派ミステリーにたいして放たれる、「汚職に闇組織に謀略——いつものあれか」といった悪罵をはねかえし作品を書きつづける作家の姿勢ともかかわる。「いつものあれ」を否定するのではなく、「いつものあれ」だからこそ新たな直面がなされねばならないのだ。「いつものあれ」としてとりたてて注意することのなくなった、つまりは「公然の秘密」化してしまったものだからこそ、執拗な問いを浴びせ、幾度でも、どこまでもその総体をあきらかにしたい。

読者を眠らせる「既視感」ではなく、読者を覚醒させる「既視感」である。エッセイを書いたのちすぐに小説にとりかかる松本清張に、この「既視感」はつよく意識されていたと、わたしは思う。

『黒い福音』はフィクションである。ここにも、「これを小説というかたちにしたのは、いちいち本名を出しては思い切ったことが書けないからだ」（「『深層海流』の意図」）ということがあてはまろう。物語中、ドン・ボスコは「グリエルモ」に、ベルメルシュは「トルベック」とされた。信者ゆえにグリエルモ側に立ち神父を擁護する文化人も、事件の捜査に圧力をかける政府高官も首相も名前はないが、エッセイにはたった一度だけ、しかも但し書きの中で、時の首相の姓、「岸」がでてくる。

4　なぜ、生きてきた歴史の「発掘」なのか

『昭和史発掘』は、いかにも松本清張らしいタイトルと思われるが、じつは、めずらしく本人がつけたものではない。『週刊文春』の担当編集者であった藤井康栄は、『松本清張の残像』で書く。

「当時私は迫ってくる連載開始に焦っていた。取材に精一杯で、いろいろ考えてはみたものの名案は浮かばない。そこで、編集長かデスクかが部内でタイトルを募ったところ、智恵者がたくさんいて、あっさり『昭和史発掘』に決まった。提案者はたしか私と同期入社で本好きの男性部員だったと記憶している」。

自然に埋もれたものから、意図的に隠されたものまで、一つひとつ丹念にさぐりあて、掘りおこす。最初期の短篇、『西郷札』や『或る「小倉日記」伝』から、長篇『ゼロの焦点』、『砂の器』、そしてノンフィクションの大作『日本の黒い霧』などまで、松本清張がつづけてきた顕在化と暴露の作業を「発掘」と呼んだのが、編集者であるのは興味深い。もちろん編集者個人の趣味ではあるまい。松本清張のそれまでの仕事が、編集者、出版社、そして読者にただしく把握されていたことになる。

「松本清張自身も『昭和史発掘』というタイトルがとても気に入っていた」(『松本清張の残像』)のは当然だろう。松本清張の作りだした松本清張のイメージが、編集者および読者をとおしていっそう的確なものとなり、それを松本清張が自己イメージ化して仕事に活かす。作者と編集者、読者との理想の関係がここにはある、といってよい。

しかしそれにしても、松本清張はどうしてここで「昭和史」の発掘に熱中したのか。やはり藤井康栄の見方が参考になる。

「これは近年気づいたことだが、この昭和前期はちょうど松本清張の青春期とぴったり符合する。高等小学校を終えて社会の一員として働き始めてから、結婚して新聞社の仕事をするようになるまでの期間である。(中略)あれだけ熱意をこめて昭和前期のもろもろに立ち向かったのは、あの時期の日本を本当に知りたかったのだろう。自分が無我夢中で日に十二時間もの労働をこなして生活していた頃の日本社会の実相を詳細に解明してみたかったからだろう」。

同じく一九〇九年生まれの文学者たちとくらべてみよう。たとえば太宰治、大岡昇平、中島敦、花田清輝らは、一九二〇年代半ばから一九三〇年代半ばまで、大正末から昭和への時代の大きなうねりの中で、中学、高校、大学に通い、それぞれ社会的な活動に参加していった。これらの人びとにくらべ、小倉における小さく変化の乏しい、そして過酷な日々の生活圏に閉塞されていた松本清張にとって、たしかに「あの時期の日本を本当に知り」たいという欲求は、はるかにつよかったはずである。

その意味で、『昭和史発掘』は、時代の過去の発掘であると同時に、松本清張という人間が生きた過去の発掘であった。現在を規定するとともに未来の選択にかかわる歴史の発掘である。

5　戦前の超巨大な「密室」がうかびあがる

しかし、それが容易な発掘でないことは最初から予想された。発掘を阻む、というよりはむしろ発掘をしなければとりだせないような、情報隠蔽の壁がいたるところにそびえたっていたからである。

まずは昭和前期の天皇制国家の、皇室タブーを頂点とした国家規模の情報統制、情報隠蔽、さらには反対勢力への徹底した弾圧による情報抹殺があった。真相から遠ざけられたまま国民の多くは、破滅にいたる戦争に前のめりになっていった。敗戦後は、GHQが情報統制の旧システムをリニューアルしつつひきつぐ。これらの二大情報隠蔽組織が消失したはずの一九六〇年代にあっても、小ぶりとなり多方面へとちらばる組織が当時の体制によって維持されていた。しかも、しだいに明るく豊かになってゆく高度経済成長社会が、もはや思いだしたくない暗い過去の忘却へと人びとを誘った。

この困難な真相「発掘」にあたっては、『松本清張の残像』に具体的につづられる編集者、取材者としての若い藤井康栄の、ときに脅迫者ときに尾行者ときに真犯人の影が行く手にちらつく、八面六臂《ろっぴ》の活躍が不可欠だった。

もちろん、松本清張の仕事の流れからしても『昭和史発掘』は、避けてとおれぬものだった。『小説帝銀事件』、『日本の黒い霧』、『深層海流』などでとりだしてきたオキュパイドジャパンの、主に占領米軍、アメリカが作りだした「密室」、さらには『黒い福音』ではカトリック教団や国際密輸団の「密室」をあきらかにしてきた松本清張は、その過程で、いつも以上につよい既視感をおぼえていたのではないか。

「密室」といえば、なによりもまず、敗戦までの天皇制国家こそ、それだった。対外的には共栄や協和という美名をかかげて侵略をつづけ、内には、「天皇の赤子」としてつなぎとめたはずの国民一人ひとりをさらに見張り、権力に不都合なことは隠した巨大で攻撃的な「密室」である。中核には、強大化の一途をたどり遂には国全体を破局に導く軍部があった。これをトータルに可視化してゆくとき、自分が生きてよく知ることができなかった、天皇制国家の権力空間そして生活空間があらわれるにちがいない、と松本清張は考えたはずである。

他をみて憤るだけではなく、それを経てみずからの醜怪な実像にとどく。今にいたる戦後を暴露した『日本の黒い霧』から、戦前の巨大密室をあきらかにする『昭和史発掘』へと、松本清張は、時代的には後ろむきにみえて、人と社会と国家の全体像把握にむけて確実に前へ進みでた。この過程で、天皇の絶対化と服従する国民という近代天皇制の設計を山県《やまがた》有朋ら権力者の側からとらえた『象徴の設計』(一九六二年~六三年連載)、天皇制と衝突しながらしだいに萎縮し権威化してゆく学問の空虚な殿堂をえがく『小説東京帝国大学』（一九六五年～六六年連載、原題は『小説東京大学』）などの試みがなされ、『昭和史発掘』の骨組みの一部となった。

6　戦争へ雪崩うつ時代の諸相

『昭和史発掘』では二十の話が書かれた。

陸軍機密費問題、石田検事の怪死、朴烈《ぼくれつ》大逆事件、芥川龍之介の死、北原二等卒の直訴、三・一五共産党検挙、「満洲某重大事件」、佐分利公使の怪死、潤一郎と春夫、天理研究会事件、「桜会」の野望、五・一五事件、スパイ〝M〟の謀略、小林多喜二の死、京都大学の墓碑銘、政治の妖雲・穏田の行者、天皇機関説、「お鯉《こい》」事件、陸軍士官学校事件（原題は「永田鉄山斬殺」）、二・二六事件。このうち、単行本化されるとき、政治の妖雲・穏田の行者、「お鯉」事件が除かれた。後半における事態の一挙的な加速を際だたせるための除外だったにちがいない。

「陸軍機密費問題」から、「『満洲某重大事件』」、「『桜会』の野望」、「五・一五事件」、「陸軍士官学校事件」を経て、「二・二六事件」へ。タイトルからもあきらかなように、松本清張の昭和前期は、大正末期における軍部の暗部露呈に幕を上げ、陸軍内部の皇道派と統制派との激烈かつ執拗な暗闘で幕を下ろす。このメインストーリーに、いくつものサブストーリーが加わる。

まずは「石田検事の怪死」、「佐分利公使の怪死」など『日本の黒い霧』でさぐりあてようとした権力機関による謀殺、謀略の戦前版が加わる。

また、関東大震災直後の軍部による朝鮮人虐殺の後始末かと問うた「朴烈大逆事件」、水平社運動活動家が軍隊内身分差別を告発する「北原二等卒の直訴」、美濃部達吉の学説が不敬罪にあたると攻撃された「天皇機関説」などによって、天皇と天皇制をめぐる諸問題が加わる。

さらには、軍部主導の天皇制国家体制に対抗した勢力の解体、および学問の自由の最期的な瓦解をとらえた「三・一五共産党検挙」、「スパイ〝M〟の謀略」、「小林多喜二の死」、「京都大学の墓碑銘」が加わる。

そして、芥川龍之介、谷崎潤一郎、佐藤春夫、小林多喜二ら、この時代をあるいは奔放に生きぬき、あるいは無念のうちに死んだ作家たちが加わった。

こうした『昭和史発掘』の話の中で、異彩をはなつのが「天理研究会事件」である。藤井康栄は書いている。

「戦前の宗教弾圧は何か一つとり上げようということになっていたが、大本教はすでにほかの作家が書いていることでもあるし……と迷っていた。この教団に決めることになったキーワードは『非転向』。数ある宗教団体の中で唯一この新興の小さな教団だけが最後まで非転向をつらぬいた」(『松本清張の残像』)。

ここで「大本教はすでにほかの作家が書いている」とあるのは、おそらく、一九六五年一月から週刊誌『朝日ジャーナル』で連載がはじまっていた、若き高橋和巳の大長篇『邪宗門』(一九六六年)だろう。

7 小さな教団の「非転向」

天理研究会は、元天理教布教師であった大西愛治郎が、天理教の教祖中山みきのあとを継ぐのは甘露台(天理教の聖域)そのものの自分であるとして、一九二五年に設立した。大西甘露台こそ生き神とするその過激な天皇否定説から、不敬罪容疑で一九二八年に大西をはじめ多くの信者は検挙された(第一次弾圧)。第一審、二審で有罪だったが、大審院では大西に無罪が言い渡された。教団はその後も積極的な布教活動を展開。教団名を「天理本道」に改称した二年後の一九三八年に、治安維持法違反と不敬罪で一斉に検挙された

（第二次弾圧）。第一審、二審ともに大西は無期懲役だったが、一九四六年、占領下の大審院は大西ら全員に無罪を言い渡した。一九五〇年には「ほんみち」に改称した。

松本清張は第一次弾圧で大西が「心神喪失」で無罪となった理由を次のように推察する。「大西愛治郎らのような被告を大審院の公開裁判に付した場合、当局としてはまことに厄介な審理になる。大西は頑として自己が『甘露台統治者』たるを主張し、『天皇統治を否定』する。彼自身、神の命令を受けた絶対支配者なのである。／多分、その厄介さを避けるため、大審院は精神分裂症者として大西を無罪にしたのかもしれない」。

宗教史学研究家で名著『国家神道』（一九七〇年）の著者村上重良は、『天皇制国家と宗教』（一九八六年）で、天皇＝現人神の側から第一次弾圧の際の無罪判決をとらえている。「天皇を神聖不可侵の現人神であるとすることは、大西が生き神甘露台であるという主張と同じ次元の問題に落ち着く『危険性』があり、ほんみちの主張を荒唐無稽と断ずることは、そのまま天皇の宗教的権威の客観的合理的根拠を問うことになりかねなかったからである」。

また、『ほんみち不敬事件――天皇制と対決した民衆宗教』（一九七四年）ではよりひろい視野から、「近代天皇制のもとでは、キリスト教の一部と共産主義、社会主義、無政府主義等の『外来』の宗教および思想が、天皇制を批判し、天皇の宗教的権威を否定したが、これに対して、ほんみち教義は、日本の風土に根ざした天皇否定思想として稀有《けう》の存在」と教団をたかく評価している。

「天理研究会事件」でとくに注目されるのは、この規模は小さいが、主張を隠さず堂々と主張し布教してまわる活動的な教団の存在が天皇制を相対化してしまうことの驚きとともに、幹部たちが獄中で非転向をつらぬいたことへの称賛である。検挙にあたった特高警部の「転向者が一人も出なかった」との言葉をひろうだけではない。当時、捕らえられていた共産党員、山辺健太郎の談を載せている。

「この天理本道の連中は自分の信念によって生きているので、人間的に分けへだてなく同囚の面倒をみた。このような所ではよくあることだが、味噌汁《みそしる》の実など栄養のあるものはみんな雑役の権利として自分のものにしてしまう。ところが、天理本道の人たちは決してそんなことはなかった」。

この言葉をうけて松本清張は述べる。

「彼らがこうした共産主義者に親切だったのは、一方は宗教関係者だが、同じ非転向組として、思想は異ってもやはり尊敬していたからであろう」。

「天理研究会事件」は、『昭和史発掘』のみならず、松本清張のすべての仕事の中においても、みずからの信念を生きる者たちへの人間的共感がつよくあらわれたもののひとつである。

8　秩序内部への危機意識

松本清張は、『昭和史発掘』の「天理研究会事件」を連載し終えたほぼ一年後、短篇小説『粗い網版』を発表している。ともに戦前の宗教弾圧がテーマだが、『粗い網版』では大本教をモデルに、弾圧する特高課長の側からえがかれた。おそらく松本清張は、実在の大本教にたいして、天理研究会にいだいたようなつよい人間的共感をもてなかったのだろう。

村上重良は『ほんみち不敬事件』で、天皇否定思想として天理研究会を「稀有の存在」と評価したすぐあとに、大本教は天皇を絶対と認め、天皇の宗教的権威を大前提にする教義に立つから、弾圧の理由は「『国体の教義』に対する『異端』的解釈にあった」と書く。また、宗教社会学研究の高木宏夫は『日本の新興宗教――大衆思想運動の歴史と論理』（一九五九年）で、「もはや天皇制がゆるぎないもの」となった時代には、「教団がたとえ妥協して国家主義的な形態をとっていたとしても」弾圧はまぬがれないと指摘している。松本清張は、天皇絶対を認め、「妥協して国家主義的な形態をとっていた」大本教を肯定しがたかったにもかかわらず、では何故、大本教をモデルに小説『粗い網版』を書いたのか。

福岡県特高課長秋島正六は内務省警保局から呼びだされた。共産党系の活動も労働運動もすでにない。警保局長は秋島に、真道教（モデルは大本教）を至急捜査せよと命じた。国粋主義の右翼の大物や政治の上層部とむすびつき、海軍や陸軍の軍人にも信者を増やしている真道教は、「強くなりすぎている」、「行動力を持ちすぎている」という危機感が警保局長にはあった。京都府特高課長になった秋島は、教主阿守古智彦（モデルは出口王仁三《おにさぶ》郎《ろう》）の来歴と行動をたどり、膨大な教義にとりくむが、前回の一斉検挙で免訴となっているので「不敬罪」の適用はできない。困りきった秋島は、阿守の「不敬不逞《ふてい》の野望」、教団の青年信徒による、右翼団体と結びついた武力蜂起の計画などをでっちあげ、「治安維持法違反と不敬罪との結合」で大検挙をはじめた。秋島が検挙を指揮していた二月下旬の朝、東京では軍隊の蜂起があった――。

教団側の天皇否定思想および信者たちのつよい人間的結束をえがく「天理研究会事件」とは異なり、『粗い網版』では、天皇制国家秩序の安定を維持しようとする権力の視点で、新興宗教の予期される社会的な危険性がえがかれた。しかも、予期は青年将校たちの武装蜂起（モデルは二・二六事件）として的中してしまう。この作品では、天皇制と対立する左翼、リベラル勢力解体の後、天皇制の危機は天皇絶対の国家主義をかかげた勢力、なかでも怪しげな神と教主の新興宗教こそが内部の敵になるととらえられる。権力の側からすれば、内部にまぎれこんだ勢力はときに、ならびたとうとする勢力にもまして危険なのだ。

9　とある教祖の破天荒の野望

新興宗教の神々には不信感を隠さなかった松本清張に、それらの神々がもつ権力内部での現状否認的な力をめぐって、このとき、あるアイデアがうかんでいたのではあるまいか。天皇の宗教的権威内の異端勢力をさらに、権威の内部へ、権力さえ不可視の内部へと深くとどかせたら、すなわち天皇制の深奥である宮中へとどかせたら、いったいどうなるか――。

『粗い網版』以後、新興宗教をめぐるいくつかの作品を書きつつ、『昭和史発掘』で天皇と天皇制の関係をたしかめたりしながら、そのアイデアすなわち「新興宗教と宮中」をいよいよ作品として実現したのは、二五年ほど後のことだった。

『神々の乱心』は、松本清張の遺作である。その連載中（一九九〇年三月から『週刊文春』に連載）、一九九二年八月の作者の死によって中絶した文字どおりの遺作にして、未完の大長篇小説である。当時は、七〇年代末に顕著となった新・新宗教ブームのさなかだった。それは、七〇年反安保、ベトナム反戦闘争の後、おおがかりな政治運動が鳴りをひそめた時期の若者たちをとらえた、内向きの変更願望のひとつだったか。一九九五年に地下鉄サリン事件をひきおこすことになるオウム真理教は、一九九〇年に真理党を結成し衆議院総選挙にうってでた。その際のまことに奇異な街頭宣伝は、ＪＲ中央線の駅前などでもにぎやかにくりひろげられ、わたしも西荻窪駅前などで幾度となく目撃したから、杉並区高井戸に住んでいた松本清張も、あるいは見聞きしたことがあったかもしれない。

こんななか出現した『神々の乱心』が注目をあつめないはずはない。ただし、新・新宗教ブームの影響で作品がうまれたというより、この作品によって新・新宗教ブームがみずからの隠れた暗い可能性を知ったといったほうがよい。教祖麻原彰晃が「日本の王」となり新たな宗教戦争を妄想するオウム真理教のような場合はとくにそうだったろう。

皇室史に精通する日本政治思想史研究の原武史は、すぐれた社会派ミステリー作品としても読める『松本清張の「遺言」――『神々の乱心』を読み解く』（二〇〇九年）で、作品の意義をこうまとめている。「『神々の乱心』とは、本来、天皇につかなくてはいけない『神々』が『乱心』を起こして、天皇以外の人物についてしまうという意味」であること、端的にいえば「皇室を乗っ取ろうとする教祖の野望の物語」であり、「昭和が終わり平成になった頃、自らの死期が迫ったときに、天皇制という長年の課題に小説のかたちで決着をつけ、昭和を総括しようとした作品」である、と。

10　無力な神、ツクヨミとは誰か

国家神道をかかげた天皇制軍国主義は、国家がまるごと、宗教と暴力によって梱包された巨大なる「密室」であった。

『神々の乱心』では、その「密室」という内部のさらに内部、宮中という超閉域で、戦争が迫り社会的不安がたかまるなか勢力を増す新興宗教の教主によって、軍国日本の現人神の地位が相対化され、皇室の乗っ取りまでもが狙われていた――。

物語はまず、謎の教団「月辰会研究所」の危険性を察知して、執拗な捜査をつづける特高刑事吉屋謙介、子爵の息子で宮中の女官を姉にもち社会的権威の内部にいるがゆえに権威から自由な萩園泰之の二つの視点から、月辰会が宮中にまで勢力を拡大していること、関東軍と政友会が関係する大連阿片事件に関係した殺人事件が起きていること、何者かが新たな三種の神器を用意していること、そして宮中での謎の不敬事件などが速いスピードでえがかれる。

つづいて物語は一〇年ほど時間をさかのぼり、満洲（現中国東北部）での月辰会生誕譚に移る。そこでは帝国の侵略と植民地の惨状が背景としてえがかれる。第一次弾圧を体験した大本教の宣伝使から新興宗教は儲《もう》かると聞いた元関東軍情報将校秋元伍一は、山東省でうまれた新興宗教道院の信者で特異な能力をもつ江森静子をえて、月辰会を開き、平田有信と名をかえ会長となる。平田は、大本教が不敬罪で弾圧された事例から学び、天皇が主神とする天照大神《あまてらすおおみかみ》（アマテラス）の弟で無力な月読尊《つくよみのみこと》（ツクヨミ）を祭神とした。

無力とはいえ神のツクヨミは、天皇の主神アマテラスの弟だ。内部の異神である。松本清張記念館所蔵の「創作ノート」まで検討した原武史が指摘するとおり松本清張はツクヨミに、昭和天皇の弟で、母の貞明《ていめい》皇后に溺愛され、陸軍の皇道派青年将校とかかわりがあった秩父宮雍仁《ちちぶのみややすひと》親王をイメージしていたか。

諸事件をたぐりよせた吉屋はいよいよ、的を月辰会にしぼりこむ。月辰会におくりこんだ青年から、教団の内情を聞いた泰之は、すでに陸軍の上層にくいこみ、極秘の神器をもつ教団がもし武装すれば、「月辰会革命」になる、と想像した。泰之の友人は、「月辰会の神宝殿にある神器がホンモノだとすれば、皇室の神璽《しんじ》はニセモノということになるじゃないか」と言う。しかし当の主謀者である平田は、娘との関係を疑う静子の嫉妬に苦しめられていた——。

文春文庫『神々の乱心　下』巻末の「編集部註」によれば、「連載はあと十回も要らないよ」と松本清張が述べていたとされ、「宮中の派閥抗争を利用して野望に手をかけた平田が、悪天候をついて皇太后の居所・大宮御所に入ろうとしたとき、稲妻が閃《ひらめ》く。満洲時代に遊蕩《ゆうとう》生活を送った平田は梅毒に冒されており、それが刺激となってついに錯乱、御所で大暴れして皇宮警察に取り押さえられる。やがて来る平田の死。月辰会は壊滅へと向かう」とのプランがしめされている。あまりにもあっけない結末というべきか。それとも、「後は劇中人物をどんどん殺してゆくのだ」との松本清張の呟きどおり、教主と教団のたくらみはついに闇に封じられたまま残り、次の噴出の機会を待つとみるべきなのか。

未完の『神々の乱心』の終わりは、一九三五年とみられる。『粗い網版』の終わりが二月下旬の朝であったように、『神々の乱心』が完結したとしても、やはり二・二六事件以後は書かれなかったにちがいない。月辰会は皇室の乗っ取りを計画したが、それをコップの中の嵐とみなすかのように、二・二六事件以後、軍部を中心とした「天皇制」が戦争へ、戦争へ、破滅へと大股で歩きだすからである。

11　「天皇制」の古代神権的な巨人がうごきだす

『昭和史発掘』は、文春文庫（新装版）で全九巻。うち第五巻から第九巻までを、「二・二六事件」が占める。昭和前期とはいえ、二・二六事件は一九三六年である。なぜ「二・二六事件」の部分が長いのか、どうして敗戦まで九年もあるのにここで『昭和史発掘』が終わるのか。その理由は「二・二六事件」の「終章」を締めくくる部分に端的にしめされている。

《二・二六事件後は石原莞爾の急速な擡頭《たいとう》となり、一時期「石原時代」を現出するかにみえた。だが、やがて梅津美治郎（陸軍次官）らを中心とする「保守」派の捲《ま》き返しとなり、石原グループの「満州組」は崩壊し、石原自身も子分にはなれられて孤立し、やがて東条英機らにより軍部からも追い出された。その間も軍部は、絶えず「二・二六」の再発をちらちらさせて政・財・言論界を脅迫した。かくて軍需産業を中心とする重工業財閥を抱きかかえ、国民をひきずり戦争体制へ大股に歩き出すのである。この変化は、太平洋戦争が現実に突如として勃発するまで、国民の眼には分らない上層部において静かに、確実に、進行していた。天皇の個人的な意志には関係なしに。――「天皇制」の古代神権的な巨人《おおひと》が「山川 悉《ことごと》く動《とよ》み、国土《くにつち》皆震《ゆ》りて、国民《くにのひとくさ》多《さわ》に死」（古事記・日本書紀）なして、動き出したのである。》

（『昭和史発掘』の「二・二六事件」）

戦争へ、戦争へ、戦争へ――すでにはじめていた戦争を束ねての大戦争へ。

たしかに、新興宗教のいかがわしい神々は、天皇制の宗教的な成りたちのあやしさを暴くだろう。しかしそれは、近代になって政治経済的、社会的体制はもとより精神文化的体制として形成された天皇制の変更にはいたらない。ましてや軍部、政界、経済界、言論界などが「国体」のもとで一丸となって戦争へと暴走をはじめるときには、無力である。陰謀が無意味なのではない。国家規模の大陰謀の前では、小陰謀は無力なのである。

　この引用の直前で、二・二六事件をひきおこした青年将校たちの失敗は、天皇個人と天皇制（国体）とを混同したことにあった、と松本清張は書いている。「神々の乱心」という皇族内部の確執、対立をも容易にのみこみ、天皇制は戦争へ戦争へ、破局へと向かうのだ。

　戦争への道とは別の道（原武史は『松本清張の「遺言」』で「別の流れ」と表現している）へ

の、かすかな可能性を新興宗教の神々にみる『神々の乱心』は、にもかかわらず、というよりはそれゆえにこそ、ついに『昭和史発掘』の「二・二六事件」を超えることはなかった。松本清張はあるいはここで、そんな神々によるかすかな現状否認の可能性を断ち切り（あるいはいったん闇に保存しつつ）、破局的戦争への天皇制軍国主義の大暴走をあらためて直視しようとしたのかもしれない。

七〇年を超えた戦後が、新たな装いの「一億一心」体制で「戦前」につきすすもうとし、なおかつ天皇と天皇制とがふたたび混同されはじめた現在、松本清張のたどりついた認識は貴重ではあるまいか。

第八章　原水爆、原子力発電所

『神と野獣の日』、『松本清張カメラ紀行』、「幻の作品」

1　松本清張への何故

人と社会と国家の謎にかかわりつづけた松本清張にも、謎がある。

「何故だろう、何故だろう」と日々問いかける者を称揚してきたのがここまでの試みなら、わたしはどうしても、松本清張の謎を問わないで、いいかえれば松本清張への「何故」を発しないまま、この試みを閉じるわけにはいかない。

いったい何故、松本清張は、ヒロシマの悲劇と近未来における核ミサイル飛来の恐怖をとらえながら、原子力発電所の破局的な危険性をえがかなかったのか。何故、戦後日本社会で最大級の隠蔽装置である「原子力ムラ」にふみこまなかったのか。

これが松本清張の謎である。

2　核の軍事利用と平和利用

松本清張の死は、一九九二年八月。国内的にはバブル経済の崩壊、世界的にみれば現存した社会主義体制の大崩壊と、アメリカ主導によるグローバリゼーションの始まりがかさなる。今につづく混沌とした時代が幕をあけた直後のことだった。

二〇一一年の福島第一原発の破局的な事故の一九年前である。このときまでに、「原発先進国」日本において、かくまでに破局的な原発事故が起こりうると予期していた者は、けっして多くはなかった。

しかし、一九七九年三月に起きたアメリカのスリーマイル島原発事故のあと、日本でも原発事故への不安がひろく意識されるようになった。実際の事故の一〇日ほど前に公開され、原発での事故とその隠蔽工作をとらえた映画『チャイナ・シンドローム』は、秋には日本でも公開され話題になった。

世界中に不安がひろがる中、その少し前に出されたルポライター鎌田慧《さとし》の『ガラスの檻《おり》の中で――原発・コンピューターの見えざる支配』（一九七七年）、反原発事典編集委員会による『反原発事典I――〈反〉原子力発電・篇』(一九七八年)、原発での過酷で危険な労働体験をえがいた記録作家堀江邦夫の『原発ジプシー』(一九七九年)などが注目されるとともに、後に原子力資料情報室の代表になった高木仁三郎の『プルトニウムの恐怖』(一九八一年)、ジャーナリスト広瀬隆の意表をつく問題提起型反原発論『東京に原発を!――〈新宿一号炉建設計画〉』(一九八一年)などの出版がつづき、原発の危うさへの一般の関心もたかまりつつあった。一九六〇年代から各地で闘われてきた反原発市民運動が、原発への不安や恐怖に人びとが持続的に向きあう勇気をあたえたのはいうまでもない。

この時期は同時に、ソ連のアフガニスタン侵攻と、それにたいするアメリカのレーガン政権の強硬姿勢から、東西の全面核戦争の危機が極度にたかまった時期である。

一九八二年一月には、「核戦争の危機を訴える文学者の声明」がでる。

声明は、地球の破滅にいたる核戦争の恐怖を訴え、「『ヒロシマ』、『ナガサキ』を体験した私たちは、地球がふたたび新たな、しかも最後の核戦争の戦場となることを防ぐために全力をつくすことが人類への義務と考えるものです。私たちはこの地球上のすべての人々にむかって、ただちに平和のために行動するよう訴えます。決して断念することなく、いっそう力をこめて」と結ばれる。署名を集める「お願い人」を務めたのは、井上ひさし、大江健三郎、栗原貞子、林京子、堀田善衞《よしえ》、小田切秀雄、埴谷雄高ら、また井伏鱒二《ますじ》、尾崎一雄といったベテランも加わっていた。

岩波ブックレット『反核――私たちは読み訴える』（一九八二年）には、同年三月一四日現在における署名者がおよそ五百人載っており、松本清張の名前も見える。文芸誌『すばる』の同年五月号では、アンケート特集「文学者の反核声明＝私はこう考える」が組まれ、声明に署名した者、しなかった者の回答を載せている。ここに松本清張はいない。

3 「秘密」と管理の新時代

スリーマイル島原発事故の後とはいえ、東西冷戦、核全面戦争の危機がたかまりをみせたこの時点で、「反核」とは核兵器反対とほぼイクォールだった。アンケートの回答者では、「核戦争だけでなく原発についてもその安全性について不安でたまらない」と記す杉浦明平、核の軍事利用と平和利用の同一性を指摘し「原子力開発と原発建設にも当然反対すべき」と説く鎌田慧ら数名が、核の平和利用にそれぞれの立場から言及したにとどまる。

鎌田慧のルポルタージュ『ガラスの檻の中で』は、「原発・コンピューターの見えざる支配」のサブタイトルをもち、「コンピュータの触手」と題された第一部につづいて、第二部は「恐怖の『原発社会』」であり、「福島原発周辺のミステリー」、「カネで汚染された町」、「プルトニウム社会の秘密」、「原発を取り巻く欲望」の四章からなる。

一九七六年一二月に書かれた「あとがき」には、「夢の原子力」「コンピュートピア」といった手放しの礼賛がふつうになりつつある原子力とコンピュータはたしかに「現代技術の頂点である」と述べられたうえで、次のように記されている。

「原発とコンピュータは、少数の技術者と少数の官僚に握られている。その真実は秘密であり、こちらからは、向こうは見えない。が、向こうからは、こちらの総てが見えている。管理社会の極致である。それが国民背番号体制とプルトニウム社会の究極である。自主増殖された強大な秘密は、それを防御するための強大な管理を完備する。管理は完備され、攻撃的になる」。

一九七七年に刊行された、ドイツ出身のジャーナリスト、ロベルト・ユンクの『原子力帝国』に先立つ重要な指摘といってよい。

一九五四年に、ソ連で世界初の原子力発電所が運転を開始、日本においても国会で原子力研究開発のための予算が通過する。翌五五年にはさっそく原子力基本法が制定され日本における原子力利用の大綱が定められるが、そのときしめされた原子力三原則は「民主・

自主・公開」であった。これは、政府の性急なすすめ方に危機感をいだいた日本学術会議がつよく求めた三原則だ。

原子力基本法の第二条（「基本方針」）には、「原子力利用は、平和の目的に限り、安全の確保を旨として、民主的な運営の下に、自主的にこれを行うものとし、その成果を公開し、進んで国際協力に資するものとする」とある。原子力の軍事利用を拒否し平和利用を前提にするだけにはとどまらず、「安全の確保」と民主、自主、公開が付けくわえられたことからは、「核の平和利用」なるものが、当初からいかに専制的で従属的、そして秘密と隠蔽が懸念される特異な領域だったかがわかる。

一九六六年の東海発電所にはじまり、一九七〇年の美浜原発、七一年の福島第一原発と、各地に続々とつくられ稼働する原子力発電所は、その一つひとつが鎌田のつよい不審からもわかるように、民主、自主、公開の三原則をまるであざわらうかのようにそびえたつ「謎」そのものになっていた。

まさしく、謎の要塞、である。

しかしだからこそ、ここでふたたび、松本清張の謎を記さないわけにはいかない。

「原発をめぐる動きほど不思議なものはない。謎だらけなのである。それは、科学の不思議さ、というより、政治の不思議さ、といえるようなものかもしれない」（『ガラスの檻の中で』）と鎌田の指摘する謎だらけの原発＝管理社会の極致に、一九五〇年代半ば以降（「核の平和利用」時代がはじまったのも同時期）、人と社会と国家の秘密、謎に、「何故だろう」という日々の疑問を入り口に挑んできた松本清張は何故、向きあわなかったのか。

4 「夢の原子力」に文学的想像力がさしこまれた

美辞麗句のならぶ「核の平和利用」の危うさをめぐって、すでに幾人かの作家たちはうごきだしていた。

一九七四年の原子力船「むつ」の漂流事件を、一つのきっかけに書かれた田原総一朗のドキュメンタリー・ノベル『原子力戦争』（一九七六年）について、作家の野坂昭如《あきゆき》は書いている。

「田原総一朗が、『原子力戦争』を、雑誌『展望』に連載しはじめた時、ぼくは、自分の臆病さのあらわれでしかないが、ある危惧をいだいた。いろんな意味で『大丈夫か』と感じたのだ。／現代にはいろんなタブーがある、物書きの触れてはならぬ聖域、実は聖でもなんでもないのだが、筆にしにくい領分が存在する。／あえて侵かせば、まこと理不尽にいろんな不都合が一身にふりかかってくるのだが、こちらも戦前における、そのやり口や、只今、言論の自由が保証されたことになっていても、手を替え品を替えおっとり囲む勢力について、かなり心得ている。／そして原子力は、あたらしいタブーなのだ」（講談社文庫版『原子力戦争』の「解説」、一九八一年）。

　多くの人が感じるはるか以前に怯えや危惧や恐怖を妙にリアルなたどたどしさで表明する野坂昭如は、原子力タブーについてそう指摘するだけではなく、タブーとしての原発を、立地する村の歴史をたどりつつ、敷地買収から稼働、無気味な異変の始まりまでもろともに暴露した短篇『乱《らん》離《り》骨灰《こつぱい》鬼胎《おにばら》草《み》』（一九八〇年）を発表していた。「ヒロシマ不幸なことです、ナガサキ恐いですな、そやけど同じ原子力いうても、発電は平和利用、平和日本のシンボルいうてええ思います」との電力会社社員の明るい言葉がしだいに翳り、放射能汚染の不安へ、くりかえされる事故へ、ラストは近くをはしる活断層のしずかな異変へと雪崩をうつ、「序破急急」ともいうべき恐怖の物語である。謎の要塞としての原子力発電所を、要塞として孤立させることなく、人びとの歴史および日々の生活とのかかわりにおいてとらえようとする文学的想像力の実践がここにはある。

　野坂昭如の試みに先立って、原子力発電所の立地する町にとどまらず、その内部へ、組織をになう者たちへと文学的想像力を鋭くさしこんだのは、井上光晴の戯曲『プルトニウムの秋』（一九七八年）である。九州西域の原子力発電所に勤務する技師とその妻との会話からは、町ではすでに話題になっている原発の危険性と、それを外にださず、「安全」という名の下に町民を管理しようとする組織（玄海調査）の存在がうかびあがる。玄海調査への転出を望む技師に妻は言いはなつ、「地域管理なんて、きこえはもっともらしいけど、玄海調査は原発直属の特別警察だわ」。

井上光晴は、チェルノブイリ原発事故の前に構想され、事故の報によって書きかえを余儀なくされた『西海原子力発電所』（一九八六年）では、放射能汚染の悪夢の手前で、あくまでもみずからと原子力発電との、日々のかかわりをみつめる人びとをえがいた。物語の中で『プルトニウムの秋』（ここでは発表時の「玄海調査」が「西海調査」に変更されている）を公演する劇団員たちは、原子力発電の恐怖とヒロシマ・ナガサキでの被爆をどうむすびつけるのかという、答えのないそれだけ深刻な問いの前に立たされる。核の軍事利用の被害と、核の平和利用の加害を、読む者にたいし同時に問いかけた稀有な文学的実践といってよい。核廃棄物輸送車の事故をあつかう『輸送』（一九八九年）も書いた井上光晴は、松本清張と同じ一九九二年に病死した。

松本清張が先導した社会派ミステリーの有力な書き手として一時鳴らした水上勉は、積極的に「核戦争の危機を訴える文学者の声明」運動に参加し、記者会見でも発言した。「私は、これまで自分ひとりで、身辺で自分なりに意見を述べ説得してきましたけれども、微力です。こんど、このような文学者の声明の誘いをうけて、これは大変に良いことだ、お手伝いできればと思って、この運動に参加したいという気持で加わりました」（『反核――私たちは読み訴える』）。

この発言のほぼ一カ月前に文芸誌に発表された短篇『金槌の話』には、原発がやってきた故郷、若狭での原発労働のありさま、および村と人との見えない転落が、無音の叫びとともにとらえられている。故郷の苦境をさらに数カ月後の講演「若狭から文明を考える」で詳細に語った水上勉は、以後も原発に執拗にこだわりつづける。そうしたこだわりの一部は、二〇一七年に『若狭がたり――わが「原発」撰抄』としてまとめられた。

5 「知らない、知らされない」の常態化に挑む

けっして多くはない試みとはいえ、井上光晴、野坂昭如、水上勉らの実践をながめるとき、わたしには、松本清張の沈黙が気になる。

「核戦争の危機を訴える文学者の声明」がだされ、自身も署名した一九八二年の初めに、松本清張には兵器として核への怒り、憎しみはあったものの、核の平和利用の柱となっていた原子力発電所にたいする不安、危惧はそれほどつよいものではなかったのか。

ただし、核の軍事利用と平和利用とは、正反対のものでも切りはなされた別ものでもなく、原子力において一体のものであるならば、いずれかへの怒り、危惧、不安には、意識的であるか無意識的であるかを問わず、もうひとつへの怒り、危惧、不安がふくまれているはずである。

『遠い接近』（一九七二年）は、敗戦直前に広島、長崎にあいついで投下された原子爆弾への怒りをこめた作品である。中年にもかかわらず召集され、朝鮮で敗戦をむかえた山尾信治は山口県の港に上陸してすぐ、家族が疎開している広島に直行した。大本営発表の「新型爆弾」を、たんなる形状の新しい爆弾と思っていた信治の眼前にひろがっていたのは、人と街のすべてが消滅した死の世界だった。家族はみな灰になっていた。他の死体と一緒に処理されていたのだ。

何故、自分は召集されたのか。召集されなければ、家族は死ななかっただろう。入隊する前の身体検査で「ハンドウを回されたな」という謎めいた言葉を聞いた信治は、入隊後、ハンドウが町内の教育軍事訓練に参加しなかった信治への懲罰だったこと、その成績表を見て召集令状をださせたのが河島佐一郎という男であることを知った。そんな河島への憎しみは、広島での家族の死に直面した信治のこころのうちで、つよい殺意に変わった。河島への遠くて遅すぎた接近がはじまる――。

信治の執念の追及をえがいた『遠い接近』は、原爆への絶望的な怒りをばねに、「知らない、知らされない」が常態化した戦争による「隠蔽」を、真相に向けて一つひとつ「暴露」してゆく物語でもある。「知らない、知らされない」の常態化は、「夢の原子力」と名づけられた核の平和利用において、いっそう強固なものになっているだろう。

6 東京を襲う水爆、死の灰の行方

最晩年の『赤い氷河期』(一九八九年)とならび、松本清張にはめずらしいSF的作品であるということ以外、従来ほとんど関心を向けられなかった作品に『神と野獣の日』(一九六三年)がある。

何故か誤射された複数の核弾頭ミサイルが五十分も経たずに東京を襲う――それを知った政府、そして人びとは何を思いどう行動するか。タイトルどおり、まさしく社会と人間の極限状況をえがく作品である。これを読むと、当時、松本清張が核の現状と、それによる破滅的影響の不可避性をどうとらえていたかがわかる。

まず興味深いのは、ミサイルの誤射を、アメリカが盟主となっている「太平洋自由条約機構」の内輪の出来事にしていることだ。米ソが原水爆のみならず、平和利用をめぐっても競争をくりひろげていた冷戦時代である。誤射にせよ日本に飛んでくるのはソ連あるいは東側諸国からというのが普通のなりゆきなのに、松本清張はそうしなかった。占領下におけるアメリカの不可視の支配を暴いた『日本の黒い霧』の試みをひきつぐように、物語の随所にアメリカへの非難がみうけられる。

誤射ミサイルが東京に迫るというアメリカからの情報を、官房長官は当初、暴動、パニックが起きるから伏せろ、国民は何も知らないで死んだほうがよい、と主張する。権力維持、秩序維持の側に立つ者は、権力と秩序をくつがえしかねない暴動に恐怖して事実を隠蔽しようとする。実際の秩序崩壊が、秩序防衛のための警官隊、軍隊から先に起き、その多くが逃亡したという皮肉な事態もあわせて記される。

この作品では二つのヒバク、すなわち「被爆」と「被曝」が事態としてきちんと書きわけられているのも重要である。水爆爆発の「被爆」からまぬがれたとしても、爆発で発生した放射能（「死の灰」）を浴び、すなわち「被曝」して死ぬかもしれない。人々には見えない「死の灰」について、政府からは公表されなかった。暴動や、パニック、自殺をふせぎ、国民にさらなる絶望をあたえないため、という理由で。爆発による破壊をまぬがれるであろう、事態の観測地点のひとつとして、「茨城県東海村の原子力研究所」があげられている。作品執筆時点では、東海発電所は建設の途中だった。

核爆弾による破局は、被曝した周囲をも破局的事態へと導く。核の平和利用の柱としての原子力発電所でも、いったん大きな事故が起きれば、放出される放射能によって周囲は計り知れない影響を受ける。

このように、五〇年以上前に書かれた『神と野獣の日』には、核のもつ破滅的な力について、二〇一一年の福島第一原子力発電所の破局的事故を経た今でもじゅうぶん通用する見方、考え方がしめされている。

一九六三年にSF的作品『神と野獣の日』を書いた松本清張であったが、一九六〇年代の原発反対運動、一九七九年のスリーマイル島原発事故、一九八六年のチェルノブイリ原発事故を経てもなお、原発をめぐる作品を書くことはなかった。

7 「監視」する原子力開発研究所

松本清張は、一九八二年の一〇月末から一一月の初めにかけて、スイス、オランダ、イギリスを旅している。『週刊新潮』に連載予定の『聖獣配列』(一九八六年)のための取材が主な目的だったが、かつてえがいた『アムステルダム運河殺人事件』(一九七〇年)の舞台を訪れたり、また、別の作品のインスピレーションをえたであろう旅だった。

松本清張は、一九六四年四月に最初の海外旅行に出てから、海外への旅をくりかえす。ようやく海外旅行が自由になり多くの人びとが旅をはじめたこと、経済、政治、社会のグローバル化にともない、一国主義的な「隠蔽と暴露」だけではなく、グローバルな「隠蔽と暴露」が必要になったことなどが、松本清張を海外へと眼を向けさせたにちがいない。

松本清張は若い頃から旅好きで、また、大の紀行文好きであった。松本清張作品の舞台が一箇所のしかも密室にとどまることなく、東京から地方都市へ、古くからの観光地、従来あまり知られていない土地などへ、さらには海外へとひろがりをみせ、犯罪を場所的に孤立化させることなく社会化させるにしたがい、松本清張の読者もひろがっていった。しかも、それは作品の映画化、テレビドラマ化につながった。松本清張が先導した社会派ミステリーは、映像化しやすさからも、たちまち「社会化」したのである。

一九八二年秋の旅のようすをつたえるものに、『松本清張カメラ紀行』（一九八三年）がある。取材にはかならず何台ものカメラを持ってゆくことで知られた松本清張に、カメラ紀行、写真集のたぐいは多いと思いがちだが、没後私家版として編まれた『松本清張写真集』（一九九四年）とこの本の二冊しかない。

『松本清張カメラ紀行』は、「オランダ」からはじまり、ユトレヒトの運河、郊外のレストラン、アムステルダムの古い家並みなどの写真が掲載され読者の眼を楽しませてくれるが、次のページを開いた者はきっと、旅情のただよう前の写真とは異質で、妙に即物的な写真が見開きで五枚も載っているのに驚くにちがいない。

右ページのなかほどには「西ドイツとの国境に近いアルメロにひっそりと建つ原子力開発研究所」とあり、左ページには、「オランダ・イギリス・西ドイツの三国共同設立になるこの研究所の警備はきわめて厳重であった　なに気なく停っている車の中にパトロール隊員が潜んでいてバックミラーで監視しており　撮影していたわたしはあやうく逮捕をまぬがれた」という文が載っている。五枚のうち二枚が研究所の建物のようだ。

8　アルメロの記憶が反復する

『松本清張カメラ紀行』には、写真とともに「取材日記」が部分掲載されている。第一章にある「オランダ」では、一九六四年四月の日記と、一九八二年一一月の日記とがセットにされ、八二年一一月三日の項には、宿泊したアムステルダムの「ホテルを十時半に出発。南のユトレヒトに向う。この道も十八年ぶりだ」とあり、この文の末尾には注がつけられている。

「一九六三年四月、『火の路』の取材にイランに行き、スイスのベルンに出てパリ行の予定を変え、オランダに行った。西独に近いアルメロの町にあるオランダ、英国、西独の共同設立になる原子力開発研究所を見に行くのが予定変更の理由」。

オランダのアルメロは、アムステルダムから東へ百キロほど離れたドイツとの国境近くの町である。

注の文中、「一九六三年四月」は、『火の路』（一九七三年六月～七四年一〇月、「朝日新聞」に連載、原題は『火の回路』）の取材とある点、また、アルメロの原子力開発研究所（核燃料サイクル施設）が操業を開始するのは一九七三年であることから、おそらく、一九七三年四月の誤記だろう。

したがって「この道も十八年ぶりだ」という日記記載時の記憶も「九年ぶり」に訂正さ

れねばなるまい。あるいは、アルメロの原子力施設で遭遇した厳重な監視体制は、もっと以前から「体験」していた、という思いが日記を記す松本清張にあったのかもしれない。

では、掲載された五枚の写真が撮られたのは一九七三年なのか。それとも、一九八二年なのか。もし後者なら、松本清張はアルメロの原子力開発研究所にわざわざ二度足を運んだことになるので、おそらく前者であろうが、写真を見るかぎり、施設はかなり古びた印象で、同じ年に操業されたものとは思えない。八二年の旅で松本清張は、『アムステルダム運河殺人事件』の現場を再訪していることから、あるいはアルメロの原子力開発研究所もまた八二年に再訪したのか。

当時、新潮社の若い編集者（後に国際情報誌『フォーサイト』編集長）で、一九八二年一〇月から一一月にかけての一〇日余りのスイス、オランダなどへの取材旅行に同行した堤伸輔が、「いまも驚かされる直感力」という短くも示唆に富むエッセイを書いている（『宮部みゆき責任編集　松本清張傑作短篇コレクション』上巻、二〇〇四年）。そこに、一九七三年のアルメロでの自身の危ない体験を熱心に語る松本清張があらわれる。「ここには何か問題の『根』がある」とにらんだ松本清張は、予定を変えてアルメロの原子力開発研究所を訪れ、その過剰ともいうべき厳重な警備に接した。この体験を堤伸輔は何度も聞かされたという。実際のアルメロ再訪については記されていないが、松本清張は一九七三年の興奮をつたえるかっこうで、たしかに「アルメロ再訪」をはたしていたのである。

9　官憲の眼をのがれシャッターを切る

『松本清張カメラ紀行』の、アルメロの原子力開発研究所の写真が掲載されたページのキャプションおよび説明文は、一九七三年の印象にして、一九八二年にあらためて想起された印象なのだろう。いずれにせよ、本が制作され、キャプションと説明文の言葉が選ばれた一九八三年の時点で、この印象が松本清張の記憶にはっきりときざまれていたことはたしかである。

「ひっそり」と建つ原子力開発研究所。警備は厳重で、停《と》まっている車の中にはパトロール隊員が潜み、ちかづく者を監視している。そうとも知らず、施設にカメラを向けていた松本清張は、「あやうく逮捕をまぬがれた」——という記述からは、実際にどういう出来事があったのか判然としないものの、かえってそれだけ、人びとの日常の中にとけこむ秘密の施設へのつよい関心と、当時の緊迫感がつたわる。

「隠蔽と暴露」を方法にした松本清張の、新たな難敵の発見の興奮とともに。

カメラ好きで知られる松本清張は、カメラと被写体と時代について、くりかえし語っている。松本清張記念館の特別企画展図録『いつもカメラを携えて――松本清張が愛したカメラとその時代』（二〇一二年）には、月刊誌、週刊誌などで語った言葉が多く収録されている。本書第Ⅱ部第一章「戦争」で紹介したが、次の部分はとりわけ興味深い。

「戦前、私の住んでいた北九州は要塞地帯で、憲兵隊や警察にかくれて風景を撮影しなければならなかった。私の画面に『甘さ』が漂うのはセミファーストの名残りであり、『暗さ』が支配するのは官憲の眼を犯罪者のようにのがれてこっそりとシャッターを切っていたいじましさからきているのであろう」。

「戦争が隠す」ことをみずからのカメラ体験から語ったこの言葉（要塞地帯ゆえの自由な撮影の不可能性については、一九五九年の「探偵作家カメラ腕自慢」で簡単にふれられていた）は、『週刊文春』の一九八二年一一月四日号に載っている。

名目上の発売日には、松本清張はオランダあるいはイギリスにいたのだから、これは旅にでる前に述べたものにちがいない。またほぼ同時期に、アルメロでの危ない体験がやや過剰に語られていた。映画『疑惑』封切りを記念して一〇月にだされた『疑惑戦線――松本清張スーパー・ドキュメントブック』で『松本清張カメラ紀行』のものと同じ写真（原子力開発研究所）が一枚掲載され、そのキャプションには、「１９７３年、オランダ。／西ドイツ国境に近いアルメロの町。／ここにオランダ・西ドイツ・イギリス三国共同開発の原子力研究所が隠れている。／これを撮影中に、警官に捕まった」（このキャプションからは、写真撮影が一九七三年であったことがわかる）とある。

これらの日付からみるかぎり、なぜかこの一九八二年の秋に、戦前の要塞地帯での暗いカメラ体験と、一九七三年のアルメロでの暗い体験、すなわち捕まったものの逮捕はまぬがれた、というカメラ体験が、松本清張の中に同時にうかんでいたことになる（一九八二年といえば、前述のとおり一月に「核戦争の危機を訴える文学者の声明」があり、三月一四日現在の賛同署名者には松本清張の名が見える）。

そんな思いをかかえこんだままでかけた旅のさなか松本清張は、一九七三年のアルメロの原子力開発研究所のこと、そこでの緊迫するカメラ体験を同行の編集者に執拗にくりかえす。『松本清張カメラ紀行』をひらいて、変哲もない建物の写真がわたしの眼にはかなり古びて見えたのは、「『暗さ』が支配するのは官憲の眼を犯罪者のようにのがれてこっそりとシャッターを切っていたいじましさからきている」からだろうか。

アルメロの原子力開発研究所は、現代における「要塞地帯」の一つなのである。

「戦争が隠す」のと同じように、核の平和利用にかかわる施設もまた隠す。

まとめよう。

松本清張は日本国内で反原発運動がたかまるなか、幾人かの社会派作家たちが「謎の要塞」に関心を向けはじめる少し前の一九七三年に、オランダのアルメロで「謎の要塞」に出会った。そして、一〇年近い後の一九八二年、『疑惑戦線』でそれにふれ、そしてヨーロッパ取材旅行のさなかには、同行の編集者に「謎の要塞」との遭遇をくりかえし語り、翌八三年の『松本清張カメラ紀行』で五枚の写真とともに、日常の風景にひっそりととけこむ原子力開発研究所への疑問と恐怖を記したのだった。これらについては、あるいは松本清張記念館に収蔵されている清張日記につぶさに書かれているかもしれない。

とはいえ、それはただちに新しい作品の舞台になることはなかった。

10　幻の試みへ、幻の作品へ、そして、わたしたちの今へ――

元中央公論社の編集者、宮田毬栄《まりえ》の書いた『追憶の作家たち』（二〇〇四年）という新書がある。西條八十《やそ》、石川淳、埴谷雄高、大岡昇平ら七人の作家がえがかれており、その第一章は「松本清張」である。宮田毬栄は、文藝春秋で松本清張担当編集者となる藤井康栄の妹である。入社して初めて担当した作家が松本清張で、作品は『黒い福音』（一九六一年）だった。前述のとおり、一九五九年に杉並で起きた「スチュワーデス殺人事件」をモデルにした作品である。まず作家の構想ノートがあり、作家と編集者の共同取材があり、編集者の単独取材があり、編集者の取材原稿があり、これらをもとにして作家は少しずつ、少しずつ丹念に物語を創りあげてゆく。『黒い福音』の場合をとおして、松本清張の小説の具体的な制作過程の一端があきらかとなる貴重な文献といえよう。

一九九一年の暮れ、宮田毬栄は、松本清張から呼びだされる。

松本清張は、グルノーブルに行ってくれと言い、こうつづけた。

「グルノーブルにある原子力研究所が背景になる。重大な研究をめぐって事件が起きる。主人公の秘密にからむ男がいて、その男の仮の職業をカジノのディーラーにしようと思う。久々に壮大な長篇推理を書く」云々。

フランスのグルノーブルといえば、一九八七年に第九回世界推理作家会議がひらかれ、松本清張は日本の推理作家を代表し講演をしている。講演は死後出版された『グルノーブルの吹奏』（一九九二年）に収録されている。日本のすぐれた推理小説がカワバタやミシマを愛好する偏向的な翻訳家たちによって無視、除外されてきたということから話がはじまるのも興味深い。隠蔽されてきたものの暴露（ここでは良きものの積極的な顕在化）という清張的ストーリーが顔をだしている。

前年にチェルノブイリ原発事故があり、ヨーロッパでは放射能被曝への不安と恐怖がたかまっていた。会議の合間には当然、話題になったはずである。その滞在中に、松本清張はグルノーブルにある原子力研究所を知ったのではないか。

「久々に壮大な長篇推理を書く」と意気込む松本清張は、ヨーロッパ取材を実行する宮田毬栄に、『黒い福音』の取材を思いだせとうながす。『黒い福音』は事件を個人レベルにとどめることなく、背後の社会組織、権力機構をグローバル規模でとらえる物語だった。

グルノーブル、リヨン、パリ、モンテカルロ、ブリュッセルと移動する主人公を核とした松本清張の壮大な構想には、原発大国フランスのグルノーブル原子力研究所だけではなく、かつてカメラを向けてあやうく逮捕されかかったアルメロの原子力開発研究所など「謎の要塞」が、そして、それらをたばねる世界的な原子力体制の黒々とした姿が見え隠れしていたのではないか。「黒い福音」とならぶ「黒いアトム」、「黒いウラン」だ。

日本科学者会議編『国際原子力ムラ――その形成の歴史と実態』（二〇一四年）は、ＩＡＥＡ（国際原子力機関）、ＩＣＲＰ（国際放射線防護委員会）などを、核兵器と原発を推進する世界的な利益共同体とし、「国際原子力ムラ」と呼んでいる。福島第一原発の破局的事故によって、原発の「安全と安心」が、産業界から、経済界、政界、官界、学会、マスコミ、法曹界までが緊密に連携した利益共同体「原子力ムラ」のうみだした神話であることが暴露されマスコミでも話題になったが、その背後にある巨大な組織「国際原子力ムラ」に関心が向けられたとはいいがたい。

松本清張は、晩年の一九七〇年代後半から一九八〇年代には、「隠蔽と暴露」の方法実践のステージを、日本国内から、世界へと移していった。グローバル化してゆく社会にあって、一国主義的な「隠蔽と暴露」ではもはやとらえきれない闇を、世界的規模でつかもうとした。『白と黒の革命』（一九七九年）、『聖獣配列』（一九八六年）、『霧の会議』（一九八七年）などである。核時代の闇へのアプローチもそこにあったにちがいない。

死の直前の一九九一年の暮れ、松本清張はようやく機が熟したのを感じとった――。人と社会と国家の謎にかかわりつづけた松本清張にも、謎がある。いったい何故、松本清張は、核の平和利用なかんずく原子力発電所の危険性をえがかなかったのか。何故、戦後日本社会で最大級の隠蔽装置である「原子力ムラ」にふみこまなかったのか。

これが松本清張の謎である、とわたしは本章の冒頭で書いた。謎が解けたとは言いがたいにせよ、謎を謎としてとどめず明るみにだし、そしてそのただなかに数歩ふみこんだとの確信はある。

松本清張の死によって幻となった試みへ、幻となった作品へ。

松本清張がわずかに示唆し今のわたしたちがひきうけるべきいとなみは、松本清張の仕事をたどりなおすこと、そしてわたしたちがそれぞれの想像力で作品を現代によみがえらせ、さらに現代から未来に向けて新たに創りなおしてゆく――こうした「隠蔽と暴露」の方法実践を受けつぐとともに、次代にバトンタッチすることにちがいない。

二〇一七年のトランプ政権登場によって、北朝鮮の核開発が加速し、東アジアには核戦争の危機が見え隠れする。どの地域にもほんのわずかな時間で核ミサイルの飛来する、『神と野獣の日』的世界が接近しているようにみえる。

日本では、Jアラートが鳴り響き、核ミサイルの恐怖が過剰に煽《あお》られる。

しかし、にもかかわらずではなく、そうであるがゆえに、核ミサイルの標的としてその威容を堂々と露出し、しかも活断層上に建てられたと指摘されるものもあり、まさしく

「いまここに、すでにある危機」ともいうべき原子力発電所から眼を離してはならないのだと、わたしはつよく、つよくそう思う。

おわりに　松本清張とともに

1　今、よみがえる松本清張

松本清張がかえってきた。

秘密と戦争の時代に、「黒の作家」松本清張がよみがえる。

――こう書きだしてからずいぶん経つ。

遅々としてすすまぬ作業のあいだ、「松本清張がよみがえる」との思いは、わたしの中でつよまりこそすれ、よわくなることは一度もなかった。

人と社会と国家のいたるところに秘密が増殖し、幾重もの隠蔽の力が見え隠れして、「新たな戦前」へとなだれうつ時代――そのおおきなうねりに、「何故だろう、何故だろう」という日々の疑問から出発し「隠蔽と暴露」の方法をもって立ちむかう、今によみがえる松本清張の姿と、膨大な作品群の意義は、日をおうごとにわたしに、はっきりしてきた。

この思いの昂進こそが、あるいは、書きすすめるのをはばんでいたか。

2　逃れられぬ「社会」と「歴史」

わたしの松本清張体験は、不安と恐怖からはじまった。

作品が何であったかはっきりしない。しかし、子どもの頃に「名作劇場」や「スリラー劇場」などで観た松本清張原作のテレビドラマは、なんとも怖かった。殺人にいたる事件そのものはもちろん、意表をつく展開や複雑で暗い人間劇もじゅうぶんに怖かったが、それら以上に怖かったのは、事件がひとまず解決し物語が終わった、まさにその瞬間だった。テレビドラマの中で終わったはずの事件が、じつは終わっておらず、その炎が観ているわたしのほうへと飛び火し、周囲をめらめらと燃えあがらせたからである。

逃げ場所はなく、観なかったふりをできる場所もない。それは不安と恐怖のきわみのはずなのに、なぜかしばらく、わたしは観ることをやめなかった記憶がある。

そののち時間を経て学生時代、松本清張作品を実際に読みはじめたとき、子どもの頃の不安と恐怖の体験があざやかによみがえるとともに、そうした体験はけっして例外的なものではなく、松本清張が物語の生起する場として積極的に選んだ「社会」がもたらす必然の体験であることを理解した。

物語内で出来事が見事に自己完結する本格派ミステリーとは異なり、物語内にとりこんだ「社会」が、出来事のとりあえずの完結を経てもなおうごき、読者の生きる「社会」を喚起して、読者に新たな不安と恐怖をもたらす。たしかに嫌な感じ、やっかいな被拘束感、不自由感であるにしても、これらが、嫌でも逃れるわけにはいかない、ひきうけて生きねばならぬ「社会」でありまた「歴史」であることを、わたしは松本清張の「社会派ミステリー」から学んだように思う。

政治学者や社会学者の提示する社会像でも歴史学者のえがく歴史像でもない。不吉な物語をくぐりぬけてきた読者にだけ憑依《ひょうい》して、読者みずからの問いなおしをうながしてやまぬ暗い「社会」であり、暗い「歴史」である。

3　死後にこそ始まった「松本清張の時代」

松本清張が死んだのは一九九二年、日本ではバブル経済がはじけ、世界的にみればソ連邦の崩壊とともに冷戦が終わった直後のことだった。

戦後ながらく当たり前だった社会と世界が終わり、新たで混沌とした方向の見定めがたい時代が幕をあけた。あらかじめの方向と到達点を括弧にいれたうえで、日々の疑問から出発する松本清張の姿勢と方法が従来にまして重要となる、今につづく世界史的混沌の時代の始まりに、松本清張は生を終えたことになる。

宮部みゆきの『火車』（一九九二年）を皮切りに、松本清張の影響を受けた作家たちの活躍がめだつようになる。桐野夏生『ＯＵＴ』（一九九七年）、岩井志麻子『ぼっけえ、きょうてえ』（一九九九年）、東野圭吾『白夜行』（一九九九年）、また、高村薫や乃南アサ、横山秀夫や真山仁らの諸作品がつづき、最近では、葉真中顕、本城雅人、塩田武士らも登場している。

松本清張がノンフィクション『闇に駆く猟銃』（一九六七年）でえがいた津山三十人殺し事件を、長篇『夜啼《よな》きの森』（二〇〇一年）で惨劇を孤立化させることなく、戦中の社会的惨禍へとおきなおしてみせた岩井志麻子は、「松本清張は最高のホラー作家」という意表をつく表現で称賛して、一部の松本清張ファンを驚かせた。

ただし、わたしが『ホラー小説でめぐる「現代文学論」』（二〇〇七年）で詳述したように、事件からもたらされる恐怖を事件解決とともに解消するジャンルを「ミステリー」と呼び、事件解決の後も問題は解決されず恐怖はかえって増大するジャンルを「ホラー」と呼ぶなら、一つの作品の終わりがもう一つの作品の始まりとなり、一つの問題がより大きな問題をよびこんで、そこに人と社会と国家の闇をひろげる松本清張の社会派ミステリーの世界は、たしかに「ホラー」とかさなるだろう。しかも一般のホラーが深くても小規模の闇でとどまるのだとしたら、深き闇をどこまでもひろげつづける松本清張は、たしかに「最高のホラー作家」といってよい。わたしの子どもの頃の恐怖と不安の松本清張体験は、あるいはここに関係していたか。

松本清張の「社会派ミステリー」は、戦後かろうじて維持されていた社会と歴史の解決可能性が、世界史的混沌の時代に解決不可能性へと転じてゆく時代に、一部は「社会派ホラー」化している。

4　さらに、松本清張とともに

しかし、松本清張の「社会派ミステリー」あるいは「社会派ホラー」は、人と社会と国家の惨状のひとつにたどりついておしまいではない。

松本清張は、「隠蔽と暴露」の方法で、人と社会と国家の暗い秘密を、その隠蔽の力もろともに執拗に暴きつづけた。

そのたえまなき持続と深化、対象の拡大には、今と今までの惨状、惨禍、凶事、業苦をつみあげ、それを一つひとつくぐることで、別の人間、別の社会へと一歩一歩ちかづこうとした松本清張の意志がうかびあがるにちがいない。

現状への疑いが、疑いだけが、より良き関係と環境という次のステージへの入り口となる。一人ひとりのささやかな試みがつながり、つらなり、あつまり、やがて次のおおきな試みがはじまるのである。

わたしの本書での試みもまた、そうしたささやかな試みの一つである。

貴重な資料を紹介していただいた松本清張記念館の小野芳美さん、資料収集などでお世話になった和光大学専任講師の田村景子さん、遅々としてすすまぬ作業をねばりづよく見守っていただいた集英社新書編集部の金井田亜希さんに感謝する。

よみがえる松本清張とともに、秘密と戦争の時代のただなかを、あきらめず、へこたれず、ことさらに暗くもならず、さらに歩きつづけたい。

二〇一七年一二月三日

高橋敏夫

主要参考文献

松本清張『松本清張全集』1～66、文藝春秋、一九七一年～九六年
松本清張『松本清張カメラ紀行』新潮社、一九八三年
『松本清張研究』創刊号～18号、北九州市立松本清張記念館、二〇〇〇年～一七年
北九州市立松本清張記念館企画展図録全冊　一九九八年～二〇一七年
藤井康栄『松本清張の残像』文春新書、二〇〇二年
志村有弘・歴史と文学の会編『松本清張事典　増補版』勉誠出版、二〇〇八年
郷原宏『松本清張事典　決定版』角川学芸出版、二〇〇五年
郷原宏『清張とその時代』双葉社、二〇〇九年
権田萬治「評伝　松本清張」『新潮日本文学アルバム49　松本清張』新潮社、一九九四年
権田萬治『松本清張　時代の闇を見つめた作家』文藝春秋、二〇〇九年
田村栄『松本清張――その人生と文学』啓隆閣新社、一九七六年
保阪正康『松本清張と昭和史』平凡社新書、二〇〇六年
保阪正康『大本営発表という権力』講談社文庫、二〇〇八年
保阪正康『安倍首相の「歴史観」を問う』講談社、二〇一五年
半藤一利『清張さんと司馬さん』文春文庫、二〇〇五年
ロベルト・ユンク／山口祐弘訳『原子力帝国』アンヴィエル、一九七九年

吉田裕『現代歴史学と戦争責任』青木書店、一九九七年
本間龍『原発プロパガンダ』岩波新書、二〇一六年
金子勝・児玉龍彦『日本病――長期衰退のダイナミクス』岩波新書、二〇一六年
津田大介・日比嘉高『「ポスト真実」の時代――「信じたいウソ」が「事実」に勝る世界をどう生き抜くか』祥伝社、二〇一七年
小笠原みどり『スノーデン、監視社会の恐怖を語る――独占インタビュー全記録』毎日新聞出版、二〇一六年
菅野完『日本会議の研究』扶桑社新書、二〇一六年
青木理『日本会議の正体』平凡社新書、二〇一六年
山崎雅弘『日本会議――戦前回帰への情念』集英社新書、二〇一六年
『中山神社略記』中山神社社務所、一九五八年
川崎又次郎編『中山忠光卿』中山神社造営事務所、一九二五年
池内了・小寺隆幸編『兵器と大学――なぜ軍事研究をしてはならないか』岩波ブックレット、二〇一六年
藤野豊『戦争とハンセン病』吉川弘文館、二〇一〇年
荒井裕樹『隔離の文学――ハンセン病療養所の自己表現史』書肆アルス、二〇一一年
荒井裕樹「文学にみる障害者像　松本清張著『砂の器』とハンセン病」『ノーマライゼーション　障害者の福祉』二〇〇四年九月号
生瀬克己「文学にみる障害者像　松本清張作『或る「小倉日記」伝』」『ノーマライゼーション　障害者の

福祉』一九九五年一一月号
藤井淑禎『清張ミステリーと昭和三十年代』文春新書、一九九九年
藤井淑禎『清張　闘う作家――「文学」を超えて』ミネルヴァ書房、二〇〇七年
玉川しんめい『戦後女性犯罪史』東京法経学院出版、一九八五年
山崎一穎「『或る「小倉日記」伝』論――事実と虚構の交叉」『鷗外』一九九七年一月号
林悦子『松本清張　映像の世界――霧にかけた夢』ワイズ出版、二〇〇一年
遠山茂樹・今井清一・藤原彰『昭和史』岩波新書、一九五五年
小森陽一・成田龍一「松本清張と歴史への欲望」『現代思想』二〇〇五年三月号
渡部富哉『偽りの烙印――伊藤律・スパイ説の崩壊』五月書房、一九九三年
加藤哲郎『ゾルゲ事件――覆された神話』平凡社新書、二〇一四年
藤井忠俊『「黒い霧」は晴れたか――松本清張の歴史眼』窓社、二〇〇六年
孫崎享・木村朗編『終わらない〈占領〉――対米自立と日米安保見直しを提言する！』法律文化社、二〇一三年
矢部宏治『日本はなぜ、「基地」と「原発」を止められないのか』集英社インターナショナル、二〇一四年
吉田敏浩『「日米合同委員会」の研究――謎の権力構造の正体に迫る』創元社、二〇一六年
綾目広治『松本清張――戦後社会・世界・天皇制』御茶の水書房、二〇一四年
黒古一夫『原爆は文学にどう描かれてきたか』八朔社、二〇〇五年
ジョン・W・ダワー／猿谷要監修・斎藤元一訳『容赦なき戦争――太平洋戦争における人種差別』平凡社

ライブラリー、二〇〇一年
村上重良『天皇制国家と宗教』日評選書、一九八六年
村上重良『ほんみち不敬事件――天皇制と対決した民衆宗教』講談社、一九七四年
高木宏夫『日本の新興宗教――大衆思想運動の歴史と論理』岩波新書、一九五九年
原武史『松本清張の「遺言」――『神々の乱心』を読み解く』文春新書、二〇〇九年
鎌田慧『ガラスの檻の中で――原発・コンピューターの見えざる支配』国際商業出版、一九七七年
高木仁三郎『プルトニウムの恐怖』岩波新書、一九八一年
広瀬隆『東京に原発を！――〈新宿一号炉建設計画〉』JICC出版局、一九八一年
生島治郎ほか編『反核――私たちは読み訴える――核戦争の危機を訴える文学者の声明』岩波ブックレット、一九八二年
野坂昭如『乱離骨灰鬼胎草』福武書店、一九八四年
井上光晴『西海原子力発電所』文藝春秋、一九八六年
井上光晴『輸送』文藝春秋、一九八九年
水上勉『若狭がたり――わが「原発」撰抄』アーツアンドクラフツ、二〇一七年
堤伸輔「いまも驚かされる直感力」『宮部みゆき責任編集　松本清張傑作短篇コレクション』上巻、文春文庫、二〇〇四年
宮田毬栄『追憶の作家たち』文春新書、二〇〇四年
日本科学者会議編『国際原子力ムラ――その形成の歴史と実態』合同出版、二〇一四年

高橋敏夫（たかはし　としお）

一九五二年生まれ。早稲田大学文学部・大学院教授。文芸評論家。早稲田大学第一文学部卒業、同大学大学院文学研究科博士課程満期退学。専門は近現代日本文学。『藤沢周平——負を生きる物語』『ホラー小説でめぐる「現代文学論」』『井上ひさし　希望としての笑い』など著書多数。

松《まつ》本《もと》清《せい》張《ちょう》「隠《いん》蔽《ぺい》と暴《ばく》露《ろ》」の作《さっ》家《か》

集英社新書〇九一六F

二〇一八年一月二二日　第一刷発行
二〇一八年二月二〇日　第二刷発行

著者……高《たか》橋《はし》敏《とし》夫《お》
発行者……茨木政彦
発行所……株式会社集英社
東京都千代田区一ツ橋二-五-一〇　郵便番号一〇一-八〇五〇
電話　〇三-三二三〇-六三九一（編集部）
〇三-三二三〇-六〇八〇（読者係）
〇三-三二三〇-六三九三（販売部）書店専用

装幀……原　研哉
印刷所……凸版印刷株式会社
製本所……ナショナル製本協同組合

定価はカバーに表示してあります。

ISBN 978-4-08-721016-3 C0291
Printed in Japan

a pilot of wisdom

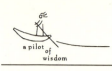